說籃高手

張丕德的體育評述樂與怒

張丕德 著

萬里機構

推薦序（一）

　　一份優差難求，一個最佳拍檔更難遇。

　　張丕德和我，曾在全球最大規模的體育電視頻道 ESPN 共事。說起來是一九九五至二〇一〇年的舊事，那十六個寒暑，我倆齊在 ESPN 設在新加坡的亞洲總部上班，雙雙擔任粵語評述員，每日並肩作戰。美國的四大運動，除 NBA 非我全職，其餘美職棒、美式足球與冰上曲棍球，開工有影皆雙。我慶幸有過這份優差，更慶幸有過他這位好拍檔。

　　丕德不止是我的同事，也和我是同門，俱是已故才子簡而清的弟子，並先後得恩師引薦，我們這兩個本來在美國生活的香港人，才得以在獅城結緣共事。我年紀大，當然先於丕德拜在八哥門下，卻不敢以師兄自居。只因學無前後，達者為先，尤其在共事之初，眼見丕德凡事一絲不苟、準備充足的認真態度，相對於喜歡吃喝玩樂的我，自覺汗顏。當年得他感染，改良工作態度，獲益匪淺，一直感銘。

　　人稱「籃球博士」，丕德有的是真才實學，在香港名校培正讀完初中，便隨父親移居去美國東部晉升高中，繼而考入赫赫有名的 NYU 紐約大學，堪稱學貫中西。之所以後來司職體育評述，亦每多真知灼見，更敢說屬香港行內數一數二。如今著書自述，丕德既寫體壇閱歷，也寫人生智慧，以其見多識廣，讀者們有福了。

黃興桂

ESPN 全體育電視台評述員
張丕德的十六載拍擋

推薦序 (二)

　　一直參與、觀看不同體育節目，看 NBA ，就在自己不在體育圈子那些年，聽到一把陌生但奇特的聲音如從天而降！「究竟是誰？評述得這麼好、這麼客觀、這麼熟悉又了解 NBA 文化？」就這樣，知道了張丕德 Peter 的名字。

　　一個電話加上一個一個的巧合，自己走進了新加坡 ESPN STAR Sports 的大門。見張丕德如見隱世武林高手，不至於西門吹雪，但又不至於郭靖！是帶有神秘感的同事，而且愈認識就愈神秘！評述 NBA、來自紐約皇后區、喜歡看書、大學拿獎學金畢業；但同時又可以廣東話、普通話及英語做節目，更去過桂林教書，甚麼一回事？ Who's that guy ！？

　　慢慢踏入全互聯網世界，張丕德是最先幾位把球隊和球員資料存入手提電腦來配合直播的，對不少同行很有啓發！對很多到今天仍不太環保而用大量紙張做節目的，這件事在二十多年前實在太 Coco Chanel 了！

　　眼中張丕德直率、坦蕩蕩、有點靜但又活躍，似一些網絡或串流平台創辦人，不太理會噪音訊息。他如克林頓一樣，懂甚麼不懂甚麼會直接告訴你（克林頓金句 ：「難道

你相信我財經比格林斯潘更熟，軍事比鮑威爾識更多？」），不會浪費時間作無謂裝飾。

　　記得那次，在烈日、在赤道天氣下，和他打高爾夫球。到第十三洞發球台，頂不住，兩人躺在地上望着藍天！不一會，就起來，繼續完我們要完成的！相信 Peter 會繼續不懈向着前路，一直努力，會否是另一個 Jedi ，不知了！But, may the force be with him ！

求真對事心協作

見坡過同坡班沒怨

思維創新加坡

何輝

自序

　　屈指一算，作為體育評述員的日子已經超越四分一世紀，由作為電視觀眾，對體育評述行業只有概念上的認知，到開始參與時那種既興奮但略帶忐忑不安的憧憬，乃至面迎新科技洪流那份複雜的期待，一路走來也算是此行業高低起伏的參與者及見証人；看似是行內老行尊之一，但沒有水晶球的我，對行業的未來發展也不見得會有精準預測。有時在獨處一室或夜闌人靜時會反問自己，到底我有沒有在上天賦予的條件內，充分利用及發揮自己的優點去達致一個最佳版本的我？如果職業生涯明天完結，我會否滿意自己的成績？我對社會有何貢獻？這類哲理問題總會令思路進入反覆兜轉的漩渦，但慶幸自己並非喜歡鑽牛角尖的人，多年的評述生涯令我日積月累地養成「向前看」的生活態度：完成評述一場比賽之後，總會有下一場比賽需要預備；有過失自然需要檢討，但若思路不能擺脫自責的煎熬則只會影響以後的發揮。

　　當知道萬里機構有意邀請我撰寫此書後，向前看的習慣仿如一個喜歡吹毛求疵及唱反調的掃興鬼，遏抑了即時興奮的感覺，而對自己中文寫作能力的懷疑則是那掃興鬼

往頭上直潑的一盆冷水。我在九龍培正中學完成初中一年級的學年後就移民美國，此後再沒接受過任何正規中文教育。雖則以往有多年在報章撰寫 NBA 專欄的經驗，但口語表達能力對評述員的重要性一定高於文字表達能力，常認為自己與中文寫作缺乏一種心有靈犀的關係，幸獲萬里機構的包容及鼓勵，終於調整心態，從自問為何要做改問為何不能做，或許倒後鏡中的模糊影像能搖身變為未來的啟發；我決定用 "just do it" 的心態去迎接挑戰。

香港著名 NBA 畫家 Roy Cheng 的穿針引線是我有幸獲得出版書籍機會的原因之一。二○二一年初我邀請 Roy 到 YouTube 節目宣傳他的新書《球魂不滅——美國籃球眾星誌》，他幫忙傳遞了萬里機構的訊息，並在百忙中負責本書封面設計。Roy 的作品充分顯出他的繪畫天份及對 NBA 的熱愛，也是他揚名國際的原因，獲得 Roy 拔刀相助是我的福氣。

我也非常感謝兩位前 ESPN 同事及好朋友，何輝（Wilson）及黃興桂，為書本撰寫序言。回香港定居後我與 Wilson 或許不再幾乎每星期都在公司見面，他也經常因為

工作需要中港兩邊走，但我珍惜每次與 Wilson 茶聚的時光，每次和他見面其實並非兩個中年人緬懷過去或只談體育話題的時候，Wilson 思緒精密，對社會或體壇發展常有獨特見解，他無私的經驗分享，是我增長見聞的大好良機。

黃興桂是一位我認識超過四分一世紀的工作好拍檔，與他合作做過的節目包括棒球、籃球、美式足球、冰曲等等，大家一同經歷及見證 ESPN 在香港市場的興起和衰落。「桂神」交遊廣闊，心地善良，對朋友非常慷慨，無論在個人生命中經歷過多少動盪，Peter 對體育事業那份純真的熱誠仍然貫徹如一，這是我永遠無法模仿，也是最佩服他的地方。

再次感謝萬里機構的支持及家人的包容，讓我終於完成一個困難但充滿新鮮感的任務，若讀者發現任何錯漏，一切全是我的個人失誤，並希望作出指導及更正，感謝。

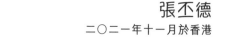

張丕德
二〇二一年十一月於香港

目錄

第一部分

評述員生涯

一、緣起

相信大部分讀者在成長過程中都曾被長輩或老師問及志向的問題；偶然我會羨慕從小已經有清晰人生目標的朋友，並好奇想知這種一心不亂的態度是否一種與生俱來的能力？羨慕乃因從小到大從未能向自己或他人提出有說服力的答案。小學年代喜歡看賽馬，有時候中午在酒樓進膳，把報章馬經版打開已足以完全遮蓋我小小的身軀，似懂非懂的樂意向長輩推薦老宗張學文馬房的參賽馬匹；我也喜歡胡國雄年代的精工足球隊，可是壓根兒沒想過當騎師、馬評家或足球員。小朋友當然沒有自我心理分析能力，但既然早已知道正在等候移民，那種活在借來時間的感覺也挺濃烈的。志向？等展開新生活後再說吧。

▶ 年少時移居紐約

與美國的淵源始於上世紀六十年代，當時身為海員的祖父，在我出生那一年，趁輪船停泊紐約港口之後，作出「跳船」決定——頭也不回地離開工作崗位，在言語不通銀兩不多的情況下戰戰兢兢地投入那「大蘋果」

的懷抱。祖父籍貫浙江寧波，上世紀五十年代移居香港後生活貧困，當過街邊小販，住過坪州破爛木屋；明知要暫別香港的家人，説不清作為非法地下居民的日子會有多久，相信也不肯定能以何等職業謀生，那跳船決定到底是建基於勇氣、直覺抑或孤注一擲？這種愛拼才會贏的心態讓我既震驚亦佩服，只後悔年輕時沒有相關觸覺去探索這個與自己命運有不可切割關係的老華僑故事。記得在我離港前一年，無綫電視有一套描述偷渡移民的電視劇《抉擇》，主題曲由黃霑填詞，其中一句「任那海和山助我尋遍天涯各處鄉」，想必是祖父跳船那刻的心情吧？祖父在美國取得正式身份後，以家人團聚移民類別申請香港的親人赴美，我與家人在一九八〇年夏天移民美國，展開「闖一番新世界挺身發奮圖強」的日子。

　　赴美初期我們過着典型中下階層移民生活。如祖父一樣，父親到美國之後終於脱離海員行列，好處是全家每天都能在一起，但他每天要做兩份工作，母親也要投入職場，我和弟弟就盡量融入新文化新環境，生活不富裕但也挺充實。在香港時習慣了當班長，到了新環境後，老師及同學的對話最多只聽懂兩至三成，這種落差帶來的挫折感，可能只有經歷過移民生活的朋友才能充分體會。記得約翰連儂（John Lennon）被殺害後的第

二天，社會科老師 Mrs. Bradshaw 著令所有同學圍繞教桌而坐，輪流發表對這宗大新聞的看法，我當然沒有發言，只從老師凝重的眼神，以及同學們的語氣，大概猜想到大伙兒正在討論一位重要人物的死訊；這是我在紐約第一年每天的典型上課經驗。

抵美初期我們租住一個高樓齡的三層公寓裏，一個面積大約只有四百呎的單位，與離港前住在窩打老道的小康環境不可同日而語。每日踏在家裏的地板上，都仿如聽到患有嚴重哮喘者的咳嗽聲音，同時也能深切感受到住在「另類迪士尼樂園」的滋味──我們實在厭倦與「米奇」為伍，某天母親終於執行代號「瀡滑梯」 的圍剿行動：以一支表面光滑的木棍當作滑梯，放在一個兩呎高的水桶內，內裏裝有紙袋；這裝置成效甚佳，隔天早上必有斬獲，最高紀錄曾目睹超過廿隻小米奇在紙袋內往上望的求饒眼神；當母親歇斯底里地在門外的梯級用力拍打紙袋，當米奇交響樂由絢爛歸於平靜，內心那種既歪曲變態卻又莫名興奮的複雜心情良久都未能客觀詮釋。也許當時活在鬱悶環境內，大家都需要發洩，這一幕已成為我移民初期一個不能磨滅的回憶。

未有賺錢能力的我只懂得一個硬道理：要盡快提升英語能力以應付快要面對的各類入學考試。我開始每天

閱報,小本字典成為隨身寶貝,一段普通人只需兩三分鐘就讀完的新聞,我可能需要花十倍或更多時間,但我不在乎,爭取成功的過程其實比成功更重要,因為這是建立成功基礎及良好習慣的時候,年輕時入世未深當然沒有真正懂得這道理,但我慶幸自己有這種直覺。看電視也是增進聆聽能力以及社會知識的好方法,但從沒想到我在八十年代觀看電視體育節目,從而建立對北美運動的認知及興趣,來到九十年代會演變為我加入評述員行業的催化劑;如果命運的安排及人生的奧妙都能實時洞悉,我的人生到底會增添動力抑或惆悵?會減少樂趣抑或冤枉路?我沒有能令自己滿意的答案,但如鄭國江在〈交叉點〉的一句,「論到得失未到終點誰又可計算」。

在抵達美國頭五年,我分別獲得布魯克林工業高中(Brooklyn Technical High School)及紐約大學工商管理系錄取。布魯克林工業高中是紐約市三間需要通過公開考試甄選入學的其中一間,入學門檻甚高。紐約大學不屬長春藤盟校,但包括商學院在內的多間學院在美國都享有名氣,而且給予我一個非常豐厚,不可能拒絕的獎學金條件:四個學年只需自掏腰包支付三千二百美元學費,另外超過九成七的學費由獎學金支付。以當時仍算新移民的家庭環境,我是非常感恩有幸獲這兩間

學校錄取，但面對的窘境正是我有時候會羨慕從小就有清晰人生目標朋友的原因：我不清楚將來想參與何等職業，只感覺自己不是做科研工作的料子，也沒有想拼命賺大錢的強烈欲望，雖然沒有更好更明確的路向，路總也要繼續行，不能原地踏步。

▶ 畢業後跑回香港

一九八九年夏天在華人社會是風起雲湧的時刻。那年六月份大學畢業後我第一個自主行動就是跑回香港，我無法解釋是甚麼力量驅使我作此決定，或許是屬馬的人喜歡無拘無束的特質吧。畢業前其實已獲美國國際集團（American International Group）聘用，但我以香港之旅作為推遲上班的理由，除了因為對保險業喜好抱懷疑，也質疑是否應該開始步向典型中產美國人營營役役的生活模式：結婚生子、在郊區買屋、買車養狗、三週年假、物質生活無憂……愈想愈覺得這種生活枯燥乏味，並不適合我。那年秋天，身處香港的我在《南華早報》看見法國雅高酒店集團（Accor）招聘英語老師的分類廣告，工作地點在廣西桂林的諾富特酒店（Novotel）；在受聘後把消息告知母親的那一通長途電話中，我被她狠批怒罵該有半小時之久，我依稀記得許

下承諾在亞洲工作數年後就會返回美國，為入法律學校作準備；但原來拿着一個手提箱獨自北上那一刻，竟是與亞洲三十多年不解之緣的開始。

一九九〇年底，桂林諾富特酒店正式開張營業，也是我功成身退的時候；約滿後返回香港其實對前途無甚頭緒，合邏輯的下一步就是留在酒店業繼續做培訓工作，我先後加入過希爾頓酒店及喜來登酒店，也曾受聘於匯豐投資管理公司，負責向基金經理介紹及培訓一套內部設計的電腦系統。雖然匯豐機構薪優福利佳，但卻完全無法取得工作滿足感，在一九九四年年初我決定裸辭。

▶ 收費電視台的事業

離開匯豐機構後在家待業半年，對前景毫無頭緒。當返回美國發展的念頭開始浮現腦海之際，收費電視台的崛起像已現地平線的海嘯，以迅雷不及掩耳之勢湧入我生命中，徹底地改變我對事業的期待，並主宰了往後四份一世紀我的生活模式。

畢業後第一
份工作是走
到桂林當英
語老師。

二、有線電視 開展評述生涯

有時我對自己在體育評述行業的持久力會感到驚訝——雖然有語言天份但絕對談不上能言善道，也沒有與生俱來喜歡公開説話的性格（在桂林當老師生涯初期，為了掩飾雙腿的顫抖，説話時總愛站立於書桌後）。不能或缺的幸運及緣份，加上後天許多的努力，助我展開及維持這個偶然而起的評述員生涯。

　　一九九四年夏天我獲有線電視聘用，擔任兼職美式足球評述員；雖然我對美式足球有認識，但對廣播行業運作沒有半點概念，夠膽去應徵除了是膽粗氣壯也有實際需要，畢竟呆在家中的無業遊民日子已有半年，工資雖然微薄，卻也是讓自己重拾動力的方法。其實當時沒考慮過將評述員工作當成長遠事業，亦不清楚體育評述員的薪酬水平，有線電視開出每場比賽五百元的微薄報酬只懂得欣然接受；記得當我拿着列明每場報酬為一千元的第一張糧單時，我向體育組秘書查詢，卻換來不耐煩的回應：「多給你的錢就把它收下吧！幹嗎要問這麼多？」

▶ 與恩師相遇

第一次與「八哥」簡而清合作做節目是在荃灣的香港有線電視台總部大樓。當導演通知我會被編為八哥的拍檔，心情除了有菜鳥的緊張，也有拜師學藝前的興奮，並且夾雜了一絲好奇的疑惑。縱使成長期不在香港度過，簡而清的大名也早已聽過，印象中的八哥是一位馬評人及文化界人士，他懂體育嗎？以前參與過運動比賽嗎？待合作數次之後，已迅速發現自己的疑慮源自無知，套用一句廣東俚語，八哥對北美運動的認識毫無疑問是「食鹽多過我食米」。

認識八哥還不到一個月，有一天做完節目後我們閒聊 NBA，他忽然輕描淡寫地說：「我正在協助亞洲電視籌備一個關於 NBA 的本地製作節目，他們希望找一個懂 NBA 的素人擔任主持，我想推薦你去試鏡，你願意嗎？」

從桂林回香港後，其實一直沒有刻意在電視上找尋有關 NBA 的新聞。當時我還是以玩票心態看待體育評述，八哥這提議不得不讓我以全新角度審視面前的機會，同時心裏馬上湧現一大堆揮之不去的問號及焦慮：我既不是小鮮肉，也沒有運動員天份，自問廣東話也不

算太流利，應該不會是他們想要的那杯茶吧？故作鎮定的我要求八哥給我一些時間去考慮，但其實我並沒有其他選擇，直覺告訴我必須把握眼前這機會。如果體育評述在上世紀九十年代中期已是發展成熟的行業，相信會有更多人願意入行，那麼機會或許就不屬於我了。是幸運也是緣份，若有線電視時期代表我評述生涯的序章，第一章的展開就是在廣播道八十一號。

三、打開亞洲市場的《NBA 地帶》

上世紀九十年代初的香港，電視上如果有職業體育比賽直播，基本上都是足球賽事為主。移民美國之前，我是忠實的胡國雄粉絲，支持精工足球隊；移民美國後，我對體育運動的口味被同化了，所以回港後對電視上的足球直播無甚興趣。一些行內前輩說過，當時如果有任何關於 NBA 的新聞，通常只會出現於如《體育世界》這類雜誌節目的其中一個小環節，與今天 NBA 在亞洲盛行的程度不可同日而語。成功把 NBA 推向國際，實源於時任聯盟主席大衛史端（David Stern）的遠見及市場觸覺。

　　律師出身的史端在一九八四年接任成為聯盟主席，那時候正是東部賽區的「綠衫軍」及西部賽區的「紫金大軍」統治及瓜分聯盟版圖的巔峰時刻；從一九八○年開始，連續十屆總決賽都有波士頓塞爾特人或洛杉磯湖人的參與，並奪得其中八屆總冠軍，東西兩岸陣營可說是壁壘分明。史端充分明白籃球比賽並非一種有實質形

狀的產品，不論入場或在電視上收看，球迷追求的是一份感覺、一種經驗，那種凝聚力除了源自對球隊的情意結，每一位球員都有獨特的故事及可塑性；能夠在競賽元素中加入表演成份並提高故事性，有助擴大 NBA 認受性及觀眾基礎；史端十分清楚要把籃球產品人性化的重要性，因此形容他是上世紀後期 NBA 最舉足輕重的風雲人物實不為過。

　　除了有才幹，史端也屬有運氣的人。NBA 歷史上每一個年代都是人才輩出，但在上世紀八九十年代，實力及魅力兼備的球員似乎特別多：莊遜（Magic Johnson）、布特（Larry Bird）、米高佐敦（Michael Jordan）、米拿（Reggie Miller）、馬龍（Karl Malone）、巴克利（Charles Barkley）、奧尼爾（Shaquille O'Neal）、艾佛遜（Allen Iverson）、高比拜仁（Kobe Bryant）等等超級球星，在 NBA 擴展國際版圖過程中，均能稱職地擔起品牌大使的角色。夢幻一隊參與巴塞羅拿奧運的歷史性時刻，也可能是 NBA 歷來最壯觀及最成功的市場推廣活動——隱藏在國家榮譽背後，該面金牌到底在往後的日子改寫了多少人的命運？

▶ 《NBA 地帶》的誕生

當時在香港找尋職業方向的我完全沒有意識到，把個人興趣變為職業生涯的機會快將來臨。大約在一九九四年初，NBA 開始與亞洲電視洽談電視轉播版權，根據幾位亞視體育組職員的說法，當時亞洲仍然未有任何地方的電視台製作關於 NBA 的雜誌節目，NBA 希望能在香港踏出這一步，《NBA 地帶》這節目的誕生大概也源於這願景。

所謂雜誌節目，是指由半小時至一小時不等的預錄節目，未有互聯網之前，雜誌節目可以是提供花邊新聞、深入訪問，以及上週比賽回顧的綜合來源；當時有名的雜誌節目有《NBA 動態》（NBA Action）、Inside NBA 等。（在今天一切講求速率的資訊氾濫年代，比賽精華如果遲一天放上互聯網都有機會被視為過氣消息，雜誌節目的重要性已迅速被邊緣化了。）

對於曾在美國生活的我來說，NBA 這項籃球運動絕不會陌生，但香港的體育市場傳統上由足球支配，為了提高球迷對此產品的認受性，注入一些本地化元素實屬明智之舉，雜誌節目及粵語評述正好雙管齊下地協助執行策略。

▶ NBA 球員中文綽號的由來

為 NBA 球員設計綽號屬於協助產品本地化的手段之一，我不清楚這偉大主意源自何人，但卻可以肯定地説，設計者確實是找對了人。如果純粹簡單地把 NBA 球員的名字翻譯成中文，對 NBA 不太熟悉的觀眾未必有感覺，然而綽號能協助提高整個 NBA 的趣味性，加深記憶，並加快產品融入觀眾生活的步伐。每一個綽號都是知識及創意的結晶品，並非天馬行空胡亂來。知識來自對本地和美國文化，以及 NBA 的認知；如今在互聯網年代，概念可以通過網上討論或轉載，逐漸發酵及演進，然後整合大眾的思維及創意，不過今天已是非常發達的資訊網絡，在一九九四年仍在起步階段。在那個「前資訊氾濫年代」，積聚知識除了要讀萬卷書亦需要行萬里路，回顧當時情況，我認為沒有任何人比「八哥」簡而清更適合擔任綽號設計者的角色。

在我印象中，八哥為當時每一支球隊的每一位球員，從超級球星到第三梯隊成員，都賦予了綽號，有些是直接把英文綽號翻譯過來，例如「郵差」卡爾馬龍（Mailman）、「滑翔人」德士拿（Clyde the Glide）、「海軍上將」大衛羅賓遜（The Admiral）、

「墨屎」波古斯（Muggsy）、「夢幻人」奧拉祖雲（The Dream）、「大鄉里」李維斯（Big Country）；有些綽號源自球員外型，例如「眼鏡蛇」格蘭（Horace Grant，比賽時總會帶着護目鏡）、「鬼見愁」莫寧（Alonzo Mourning，神情兇惡）、「變色龍」洛文（Dennis Rodman，經常染髮形象多變）、「克羅地亞王子」古高（Toni Kukoc，帥哥）、「巨無霸」奧尼爾（超過三百磅身軀）；有些綽號源自球員的比賽風格，例如「牙擦蘇」米拿（帶點囂張的自吹自擂或用垃圾說話挑釁對手）、「死光槍」漢拿錫（Jeff Hornacek，出色三分球射手）、「入樽聖手」甘普（Shawn Kemp，灌籃大師）；有些綽號則反映該球員在隊內或聯盟內的地位，或一些球場外的貢獻或成就，例如「大哥」米高佐敦、「二哥」柏賓（Scottie Pippen）、「善心大俠」莫湯保（Dikembe Mutombo，出錢出力參與無數慈善活動）等。個人最喜愛的球員綽號肯定是「牙擦蘇」，上世紀五六十年代的黃飛鴻系列電影我沒看過多少，但每次看見米拿在場內扮演反派角色，用他那種既帶輕佻不敬但又不能算兇狠惡毒的態度去侮辱或挑釁其他球員，總覺得「牙擦蘇」此綽號與米拿簡直是天作之合，每次做節目提起此綽號都會發出會心微笑。最不

喜歡的綽號是「大猩猩」伊榮（Patrick Ewing），雖然在九十年代大家對言語冒犯的敏感度不比今天，但我一直覺得此綽號帶有侮辱之嫌，做節目時盡量避開不用。

《NBA地帶》節目開始後，外界對球員綽號的反應不俗，但這些綽號在面世超過四分一世紀之後仍活在不少球迷的腦海中卻是我意料之外；過往十年內被媒體採訪的過程中，我經常都被問及有關綽號起源的問題，有時在社交媒體仍會接觸到相關話題，球員綽號似乎已成為某一個年代粵語世界NBA球迷的集體回憶。曾經有球迷問我：「為何近代NBA球員似乎沒有太多廣泛流行並令人印象深刻的中文綽號？」我認為越來越多球員以自己名字的字母縮寫作為代號（本地評述員多會跟隨使用），例如AI艾佛遜，KG加納特（Kevin Garnett），TD鄧肯（Tim Duncan），LBJ占士（LeBron James），KD杜蘭特（Kevin Durant）等，或令球迷覺得這些代號跟綽號有點不同，也可能由八哥設計的第一代球員綽號太過深入民心，導致這種先入為主的觀感。

在《NBA地帶》年代，許多球迷甚至部分香港傳媒從業員對NBA產品的認識仍在起步階段，該節目變相成為NBA消息的統一來源（有八哥這位NBA知識

及文化底蘊兼備的綽號設計者當然令推廣工作事半功倍）。經過廿多年的市場推廣，加上科技發展，NBA球迷已經不再需要任何統一消息來源，概念的誕生變得更下放、更大眾化，具有創意而不包含字母的綽號仍然存在，在社交媒體或網上討論區就能發現蹤影，我覺得比較有趣的網民發明包括「大小家嫂」（Pau & Marc Gasol）、「大手怪/可愛」（Kawhi Leonard）、「韋少」（Russell Westbrook）等，「字母哥」（Giannis Antetokounmpo）更加是近年的一個經典綽號。只要細心留意就不難發現，其實創意早已在民間。

四、既是評述，也是主持

初入行的我，已完全明白及接受自己成為推廣 NBA 策略其中一位執行者的角色，但該如何去執行策略？確實是棘手的挑戰。我沒有讀過傳播系，缺乏廣播從業員應有的理論基礎及實踐經驗，一個假 ABC（美國出生華裔）身份成為電視台決策者押注在我身上的原因之一，回香港生活後也無法像在紐約般隨時在電視上收看體育賽事直播，有的只能靠文字報道去維繫興趣。在亞視試鏡後獲錄用並被委以聲音導航的責任，對決策者這個「不計後果」的決定其實讓我感到驚訝！

若以今天的標準衡量，當日我在《NBA 地帶》的工作嚴格來說不能算是評述，當四十八分鐘的比賽被剪輯成廿多分鐘的濃縮版本，最後產物只能算是一種加強版的精華片段；就算導演的剪接功力有多深厚，也無法完全保留連貫性，沒有比賽前後進程作參照，觀眾難以知道比賽某階段某教練排出某一個陣容的原因，或某隊在攻防策略的調整等。當時經驗尚淺且職業知識水平

還未達標的我，就像一位技術平庸但以積極態度彌補不足的球員一樣，努力尋找其他方法，希望對節目內容作出貢獻，例如發掘場外花邊新聞、評述比賽時聲音要顯得投入等。當時並沒有可以任何模仿的對象，也不似今天互聯網年代可以通過社交媒體或論壇等渠道獲得即時觀眾反應，只能從同事或朋友的意見，加上憑藉自己的直覺，不斷作出調整。這種態度源自美國統計學家戴明（Edwards Deming）及其理念對我的影響。

在一九九一年秋天我加入香港喜來登酒店人事培訓部擔任英語老師，履新後不到半年獲調任為管理培訓講師及協調員。當時喜來登亞太區總部有一項極具野心的計劃：以戴明的理念為基礎，希望把酒店內每一個工作崗位，從餐飲部侍應到前台接待員到管家部房務員，通過訪問及錄像，把作業程序內每一個工作步驟都詳細紀錄，標準化並優化，目標乃統一服務質素及培訓內容，逐步消除產品質量的分歧，藉以提升產品的性價比及品牌形象。當時喜來登集團從美國聘來一個質素管理顧問團隊，基本上我成了前線員工及管理顧問之間的橋樑，除了向上反映員工面對的實際工作情況，也要負責翻譯文件，協助錄像製作，並向前線員工推銷及解釋這套計劃。不幸地這項計劃實施大約一年半後便遭擱置，

然而，通過參與此計劃，我開始接觸戴明的著作，包括《轉危為安》（*Out Of The Crisis*），以及持續改善／調整作為生活態度的概念。正如一位掌舵人駕駛船隻從港口甲至港口乙，航程絕無可能是一條直線，必定會經過修正，蜿蜒曲折地前進。我的喜來登經驗令我明白，有目標固然重要，但不能是地平線內唯一景象，更重要是聚焦眼前，每天爭取微小的進步，這也可以是快樂泉源及未來成功的基礎。

▶ 幕前工作絕不輕鬆

《NBA 地帶》其實並非我第一份在亞視的工作。早在一九九一年中，加入喜來登前，我曾在亞視節目內容審核部工作了三個月，主要職責是在節目播出前審視內容，以確保內容符合廣播事務管理局對不同時段節目內容的尺度規範。初入職當然不可能審視黃金時段的劇集或其他較高收視的節目，我只記得每週審查十多小時《麵包超人》及其他卡通節目，這令我驛動的心更加躁動，在遞上辭職信時，覺得亞視只是我職業生涯中一個臨時繞道裏的歇腳點，緣份會止於此。

一九九四年年底加入《NBA 地帶》，讓我首次接觸電視台幕前工作，也帶來職業上的文化衝擊。在亞視

節目內容審核部的幾個月光景，平日作息與一般朝九晚五上班一族無太大差異，個人的日程表較恆常化：上班→午餐→下班→工餘消遣，到下一週重複一樣的動作，生活模式井井有條，也可說是千篇一律。然而，幕前工作卻是截然不同的另一種模式：從早餐到晚餐時間都可以是上班時間，從室內攝影棚到戶外籃球場都可以是辦公地點，行程經常會變，思維及反應亦要變得更敏捷。

攻讀工商管理的我，當時對職業的願景仍被白領心態潛移默化地支配着：腦海裏充滿了穿西裝打領呔，辦公室內落地玻璃旁有屬於自己的大寫字枱等圖像，也接受每天在公共交通工具營營役役地「逼沙甸魚」是追尋這種生活的妥協之一。然而加入電視行業後，這些圖像都被極速粉碎。我除了需要化妝出鏡，更要穿上與球隊有關的服裝；對此其實我不甚喜歡，記得做節目時曾經穿上銳步（Reebok）為「巨無霸」奧尼爾設計，以黑白為主色的第一代 Shaqnosis，儘管 Will Smith 曾經在電影 Men in Black 裏穿上這對球鞋，甚為有型，但穿在我腳上時，觀感卻似一對龍舟多過一對球鞋，感覺就像寵物貓狗穿上鞋子一樣，渾身不自然！

《NBA 地帶》節目裏所有看見主持的環節，都有資料搜集同事撰寫對白，比賽部分則由評述員自由發揮，

由於不是現場直播，所以嚴格來說只算是錄音，但我一直把它當成現場直播，盡可能不要 NG，藉以提高自己的情緒和投入感。如果過分倚賴「講錯可以重錄」這張安全網，我認為評述員的專注力會減弱。在一個樓高兩層，面積超過一千呎的攝影棚內做比賽評述，並不如大家期待的評述員工作環境般舒適——有時候還會有道具枱可以擺放一些資料，但更多時候面前只有摺枱或矮櫈。這個「室內大牌檔式」的工作環境，或許就是幕前職涯的妥協之一。

耐性是電視從業員一個不能或缺的特質，「等待」是每個工作日的必經之路：等化裝、等調校燈光、等所有工作人員埋位、等稿件、等拍檔進入狀態、等導演指令等等，有控制癖的人大概不應加入電視行業。儘管精確掌握自己時間的能力被削弱，《NBA 地帶》卻提升了我的應變能力。觀眾永遠不會理解，在製作節目過程中主持或評述員需面對的環境挑戰：當攝影機的紅燈亮着，大家就要忘記藉口，立即進入表演狀態，太多 NG 會拖慢大家的進度，讓自己成為眾人等待的原因，那種溢於言表的埋怨，你是絕對不想面對的！

五、獲薦加入 ESPN

加入《NBA 地帶》幾個月後，我再次在《南華早報》看見一則改變我人生的招聘廣告：ESPN 需要粵語體育評述員。我簡直不能相信自己的眼睛！裸辭匯豐投資管理公司之後，我待業在家半年，每天的娛樂就是看書，午餐通常就是街市的牛丸配即食麵。直覺告訴我悶在家中的賦閒日子快將完結，我用迅雷不及掩耳的速度把履歷表寄出去，當時覺得幾個月的幕前經驗應該可以幫我加分，不久後獲 ESPN 代表相約在某酒店見面，期間她告訴我，原來八哥已經向 ESPN 推薦我。

對於在美國生活過的任何體育迷，ESPN 這個品牌的識別度應該有百分之一百。這説法絕不誇張，我記得有一次在紐約市甘迺迪國際機場，一位海關人員隨意問我受聘於甚麼行業的甚麼機構，當我回答 ESPN 並附上卡片作為証明時，他本來冷漠的眼神突然發光發亮，整齊的牙齒衝開扁着的咀唇，把我護照前翻後看不下數十次的過程中，連珠砲發地問了一大堆關於 ESPN 的問題，早已把排隊後面的人群置諸腦後。這是一個極端例子，但在我的經驗中，要與素不相識的美國人打開話

匣子，ESPN 是非常強而有力的引子。

　　ESPN 成立於一九七九年，初期全名喚作「娛樂及體育節目電視網絡」（Entertainment and Sports Programming Network），總部一直位於美國東北部康乃狄格州小城市布里斯托（Bristol）。創辦人之一韋斯慕遜（Bill Rasmussan）原意是想成立一間專門報道康州境內所有體育活動的有線電視頻道，後來調整策略，決定用衛星訊號，全日廿四小時向全美國所有州份提供運動新聞及節目。上世紀八十年代屬於 ESPN 的成長期，一九八九年 ESPN 國際部門（ESPN International）成立後，意味該公司已做好擴大版圖的準備，把廿四小時全體育頻道這個概念向其他地方輸出，當中包括有線電視還是處於起步階段的香港。

▶ 伸展版圖到亞洲的 ESPN

　　ESPN 要染指的市場當然不止於香港這片彈丸之地，中國及印度乃亞太地區內人口最多的國家，香港作為一個位於珠江口的國際金融城市，理應有條件成為 ESPN 亞太區總部所在地。"Why Singapore?" 當日我向 ESPN 代表提出這個略帶冒昧但極想知道答案的問題。可能生肖屬馬的人血液內早已有遊子的基因，

再次提起行李奔向一個不熟悉的國度，面對要把根和苗再種新土壤的前景，我沒有任向志忑不安，反而有着興奮幻想的期待。她沒有向我提供一個直接答案，曾經有同事指出新加坡政府會提供稅務優惠，藉以吸引跨國企業在新加坡設立總部；作為一個傳媒機構，我猜想可能ESPN對香港回歸後的營商環境有點不確定，但當時的我最感興奮的還是終於又可以在電視上看到棒球、籃球及美式足球等運動比賽，就像回到「家鄉」紐約市一樣，just like the old days。

ESPN在一九九五年四月份正式開始提供粵語評述服務，但位於新加坡羅弄泉（Lorong Chuan）區的亞太區總部要到同年十月份才投入運作，所以頭半年的粵語評述工作基地是美國總部，當時評述員陣容包括八哥、黃興桂、江忠德、李忠民和李海光等，印象中只有黃興桂是半年內全程待在美國，其他評述員都是不定期到美國參與工作。對我來說，到美國總部工作是我踏足社會後第一次獲派遣出差，除可增長見聞及賺取飛行里數，更可經常探訪身處美國的家人（布里斯托與紐約市的距離大概是一百八十公里），何樂而不為！

▶ 布里斯托和香港兩邊走

　　ESPN 粵語評述服務開始後頭兩個月，由於 NBA 球季未完結，我仍需要每週參與《NBA 地帶》的錄製工作，所以只能每隔一星期飛美國一次，而且停留時間甚短，通常在星期日早上離開香港，同日晚抵達布里斯托，美國時間星期四早上離開，星期五晚上抵港，星期六早上錄製《NBA 地帶》，隔一星期重複動作。上機前就會買齊報紙及雜誌等實體備課資料，以便抵達後第二天就可以「入閘」開工！跟着這個行程表，每次飛往美國我實際的工作時間只有三日，抵美國後未完全克服時差就要回港，我曾經半開玩笑地問 ESPN 管理人：「這樣花錢值得嗎？」聽到「不用擔心」這答案後我也不再想太多，當時對成為全職評述員有充滿好奇的期待，所以決定只管盡力去做好，並享受這個雖疲累但充實的工作安排。

效力 ESPN 期間，我也留起了長髮來。

六、第一次評述 NBA 總決賽

布里斯托是一個人口只有五至六萬人的小城市，若非 ESPN 扎根於此，大部分美國人對此地方不會有任向印象。九十年代仍未有智能手機，自拍打卡這個概念仍未出現，我沒有太多對這個城市外貌的實體記錄，印象中與其他數以百計、人口數字相若的美國城市無甚區別：街道寬闊、路上人煙稀少、獨立屋前有整齊草地、居住環境寧靜，一幅典型美國人生活在鄉郊的圖像。

香港評述員被安排在一個由貨櫃改裝而成的地方工作；要做現場評述或錄音當然會在錄音室進行，「評述貨櫃」是評述員做功課及預備雜誌節目的地方。在這個「評述貨櫃」工作的還有西班牙語、葡萄牙語及普通話評述員，在國內比較有名氣的評述員例如蘇東、言明及桂斌，還有著名的西班牙語主播 Alvaro Martin 等都曾在此工作過。除了香港評述員，我主要和幾位普通話評述員混得比較熟，他們受聘的過程其實頗為有趣：普通話評述服務比粵語早大約一年開始，可能去中國招聘

人才需時太長，既然基地仍在美國，ESPN 決定就地取材，派人到紐約市曼哈頓區唐人街的 YMCA 健身房尋覓對象！經過訪問了解後，最後聘用了幾位。

　　一九九五年六月，我第一次評述 NBA 總決賽，心情有點緊張。戲碼由東岸冠軍奧蘭多魔術對西岸冠軍暨衛冕冠軍侯斯頓火箭。當年魔術隊由兩位充滿魅力的年青球星領軍：「Penny」夏達威及奧尼爾；火箭則由身經百戰的「滑翔人」德士拿及「夢幻人」奧拉祖雲擔任隊長。外間把這次對決視為新舊世代大比拼。德士拿其實在當年二月份才從波特蘭拓荒者轉會加盟自己家鄉球隊，但火箭在下半季並沒有突飛猛進的表現，四十七勝三十五負的成績只能成為第六種子躋身季後賽；其晉級過程荊棘滿途，但在沒有主場之利的情況下，竟在頭三圈分別擊敗頭三位種子球隊，進一步鞏固在關鍵時刻有突出表現的 Clutch City 的形象。

　　現場即時評述比賽，是任何 NBA 評述員（不論經驗多少）最基本的期待。一九九四至九五年球季是我入行第一年，《NBA 地帶》那時沒有直播任何常規賽，所以在魔術對火箭系列賽開始之前，我的直播評述經驗其實非常淺。記得在第一場總決賽舉行當天，我的航班大約在下午五時抵達紐約市（已忘記為何我沒有早

一天上機，可能與座位供應緊張有關），踏出機場後有 ESPN 專車等候。當告知司機當晚九點我要評述比賽後，他搖身一變成為米高舒麥加，在下班時段內的紐約市高速公路左穿右插，快速奔馳。從紐約市到布里斯托車程大約兩個半小時，當時心情是踏實的，一面努力記着比賽資料，一面望出窗外，愈接近 ESPN 總部，腎上線素愈能震懾睡魔。汽車未到八點已經抵達總部，司機微笑的眼神彷彿告訴我他的任務已成功完成；我帶着期盼和緊張，拖着行李步向錄音室，準備開始我的任務──也是從那天開始，連續二十七年從未間斷的評述總決賽任務。黃興桂早已在錄音室等待，當晚評述比賽的印象已很模糊，我記得在比賽中段曾經與睡魔搏鬥，還有力克安達臣（Nick Anderson）在末段連續射失四個罰球，其餘時間只覺得時間過得很快，非常的快。

▶ 亞視匪夷所思的決定

一九九五年我評述 NBA 總決賽的地點是在美國而不是廣播道八十一號，與該年亞視一個「匪夷所思」的決定有關。可能他們不太肯定早上直播 NBA 的效益，也可能體育部的地位不及新聞部或其他部門，又或者覺得總決賽出現橫掃的機會比較微，當時亞視決定從第

五場開始才作現場直播，結果火箭以四比〇橫掃魔術勝出，亞視無緣直播該屆總決賽。在大中華地區，我相信這是一個前無古人並肯定後無來者的詭異決定，而亞視經過檢討後，從一九九六年開始都是從第一場開始就直播，可惜第一次的 NBA 轉播以這樣的方式完結，就像一個故事發展到高潮一刻卻沒有完結的章節，令《NBA地帶》所有人員都感到有點遺憾。

七、一人身兼兩職

一九九五年的整個夏季我都在美國渡過。NBA 球季完畢後，我參與其他運動比賽評述，包括棒球、網球和極限運動等等，由於人手不夠，每位評述員都要顧及至少三到四項不同運動，也沒有想過要把自己定性為某一項運動的固定評述，實際上這也是由 ESPN 及市場去決定。

我對每項體育都有好奇心和求知慾，當然好奇及喜好是可以並存的，我的口味仍傾向北美隊際運動（入行十年後才開始評述的高爾夫球其實也很喜歡），特別是棒球——移民美國後第一個愛上的運動就是它。雖然因為市場關係，最近十五年已經沒有機會評述棒球賽事，但北美職棒大聯盟（MLB），特別是扎根於我成長的皇后區的紐約大都會棒球隊，仍然是這個遊子的情意結。

對美國人而言，每年九月初的勞動節象徵新學期的開始和秋天的來臨，對 ESPN 粵語和普通話評述員來說，一九九五年的勞動節意味回歸亞洲的日子越來越近。快要告別這大半年來視為家的美國小城市，我的心情有點複雜，一方面熱切期待以後在新加坡的職業發展

及個人生活，但回老家探訪家人的頻率就會由每兩週一次轉為一年一次了；面前還有一個更具迫切性的問題：魚與熊掌能否兼得？

純從收入角度看，ESPN 與《NBA 地帶》之間的選擇應該是毫無懸念，ESPN 可以提供更高的收入潛力和更明確的職業路向，但我與《NBA 地帶》上下工作人員合作愉快，要離開實在是依依不捨，不過，我也無可能整季自掏腰包負責每週來回新加坡香港的機票及食宿費用，我願意回港工作的兩天整體收入足夠抵銷這筆費用，但我不可能虧本地去維持這段關係（早期 ESPN 對粵語評述員的付酬模式以日算，有開工就有工資及住屋津貼，沒開工但人在新加坡仍有住屋津貼，人不在新加坡就甚麼都沒有）。我向 ESPN 探索解決問題的途徑，如果當時 ESPN 堅持要我在新加坡及香港之間作出抉擇，其實我也別無他選，但我非常驚訝地獲得一個最佳答案：在一九九五至九六年 NBA 球季，ESPN 願意負責我每週的來回機票。我把消息告知八哥，然後他對我說：「每週回港你就住在我家吧，我有空着的房間。」從百無聊賴賦閒在家到奔向南洋探索新工作及新世界，我簡直不能相信自己的運氣。從一九九六到九八年，ESPN 和亞視每月各向我提供兩張新加坡香港來

回機票，每週我都住在八哥的家。到一九九八年夏天，ESPN 表示不願意再提供機票，我的《NBA 地帶》年代終於來到終點。我和亞視笑着說再見，也非常感謝兩個電視台的信任以及八哥的照顧，讓我人生中能有這經驗，是我賺到的幸運。

ESPN 評述員到新加坡後，頭九個月都是住在酒店。每天有人打掃房間或提供房間服務，聽來似寫意，但始終不及住在自己家一般舒服。大約九個月後，評述員才獲安排搬到服務公寓。到一九九八年，ESPN 終於停止提供住屋津貼，評述員要自己負責住宿安排，這對評述員儼如獲得解放的好消息。

ESPN 的聘人原則應該是要求有一定的體育知識，當時的粵語評述員大部分都有運動員、教練、記者或廣播界的背景；若撇除當時僅有一季《NBA 地帶》的評述經驗，我基本上是體育傳媒界的素人；但體育知識與擔任評述員應有的技巧或心態並無必然連繫。九十年代中期香港仍然是紙醉金迷的社會，離開亞洲金融風暴還有數年，經濟繼續擴張，資產價格也在高位，社會上似乎到處有機會，對於有經驗知識及技巧的評述員，離鄉別井可能不是當時的最好選擇。

八、由盛轉衰的 ESPN

ESPN 粵語評述的主要服務對象乃香港市場，早期曾經打入過廣東省市場但日子並不長久。從運作的角度，公司基地設立在主要服務市場以外的地方並不理想。就以聘請嘉賓評述為例，除了工資以外，ESPN 還要負責機票及酒店食宿，成本的考慮直接減少聘請嘉賓的次數；從嘉賓的角度，要遠赴新加坡亦牽涉到機會成本，因為他們大部分都有正職，若在香港做評述，時間會比較容易安排，以至不用因此而請假。

在新加坡工作，職業上不便之處就是比較「離地」。互聯網發展到今天，我相信大部分成年人都至少在三到四個不同社交媒體有帳號，不論是附和聲音或激烈的反對批評聲音，大家都已習慣或接受在互聯網找尋社會上不同持份者對一件事情的看法。我在一九九五年加入 ESPN 的時候，互聯網剛開始商業化和普及化，臉書在二〇〇四年才面世，其他的網上討論區也是差不多這段時間才出現。從大約二〇〇四年開始，ESPN 已經沒

有香港人在評述服務部擔任最高決策人角色，辦公室內其他少數香港人也各有各忙，甚少會對評述員表現提出意見，身處新加坡令評述員較難從更多非正式渠道吸收「地氣」，即聽取意見以對自己表現作為評估，這就是我形容「離地」的意思。

總部遠離香港，或許削弱了 ESPN 組成號召力更強的評述團隊的能力，但對願意到獅城上班的評述員來說卻是一件好事，首先競爭肯定沒有那麼激烈，而且操練的機會也非常充裕。在每一次做直播或雜誌節目之前，ESPN 都會有資料搜集部門同事提供比賽資料或稿件（我通常靠自己搜集資料），但 ESPN 從來沒有對評述員提供任何基本的技巧培訓，評述員的進步要靠來自內心的責任感、觸覺、反省、練習機會，以及適當時候位於適當時空的運氣。當被問及我的 ESPN 經驗，我常會用「少林寺」作為比喻，不過在 ESPN 少林寺，評述員的身份既是師傅也是門生。

隨着互聯網進入光纖年代，大家對上網速率的要求自然越來越高。九十年代中期，商業互聯網正值起飛，那時候需要撥號連線（DIAL-UP）才能連接互聯網，預備節目的時候需要更大的耐性。當時 ESPN 辦公室內只有兩三台電腦供粵語和普通話評述員使用，由於速

度慢同時也不想長期霸佔電腦，有時候我會去網吧做功課。那個年代的酒店不是每家都在房內有互聯網服務（難以置信吧？），就算有此服務收費也非常昂貴，我是在一九九六年秋天搬入服務公寓後才第一次能在自己家裏上網。那時候在網吧的上網收費通常是每小時十元新加坡幣（大概五十八港元），為了省錢，我通常在進入網頁後，把內容從頭到尾看一次，盡量把內容記着，然後才進入下一頁，從一頁到下一頁的更新過程有時需要一分鐘或更長時間，在這一分鐘內我就盡量寫下剛才看到的內容，到新的一頁內容完全開啟之後重複動作，這樣我就可以確保在最短時間內獲得最多資料而避免付出太昂貴的上網費。

▶ ESPN 與衛視體育台合併

在我印象中，一九九五到二千年這段時間是 ESPN 運作的黃金期，你可想像到的運動比賽，ESPN 差不多都有播映權，不論是足、籃、網、車、高爾夫、美式運動、大學運動以至一些非主流運動都應有盡有。其實 ESPN 粵語評述服務開始的時候，市場上已經有性質相同的衛視體育台作為競爭對手，兩間公司在市場上為爭奪播映權，令轉播費用不斷攀升，影響盈利；雙方在

一九九六年秋天正式宣佈合併計劃，新公司名為 ESPN 衛視體育台（ESPNSTAR Sports）。位於不同崗位的我，對於合併的原因、談判過程或財務數據當然沒有最接近或有利的視角，但當時已覺得如果以為合併就可以提高新公司作為產品供應鏈上中間人角色的地位，這種想法未免過分樂觀。雖然 ESPN 衛視體育台在亞太區有廣泛的國家／地區覆蓋率，但我的《NBA 地帶》經驗告訴我，當時機成熟的時候，產品供應者，例如 NBA，其實不一定要經過 ESPN 衛視體育台這個中間人才能把產品送到觀眾家中，供應者可以繞過 ESPN 衛視體育台，直接與國家／地區持份者商談播映權；到後來科技變得成熟，觀眾更可選擇直接在互聯網上購買比賽直播產品，例如聯盟通行證（League Pass）。當幾個影響力最大的產品，如英超、歐聯、NBA、ATP 巡迴賽和 PGA 巡迴賽等都無法保留，就等於一些著名品牌不再供貨給百貨公司，而改為營運屬於自己品牌的專門店；ESPN 衛視體育台這種生意模式在二千年後開始沒落，其實也是意料中事。

在我看來，二〇〇〇年到二〇〇三年是 ESPN 衛視體育台歷史上最黑暗時期，在此段時間內，ESPN 衛視體育台與有線電視的合作關係，因為英格蘭超級聯賽

播映權而出現變化；ESPN 頻道更曾於二千年中至二○○一年中在有線電視停播，當時粵語評述服務的前景極不明朗，評述員飯碗風雨飄搖。我記得在這時間內，粵語評述員簽過為期三個月、五個月和八個月的合約。二○○一及○二年夏季，當 NBA 球季結束後，我已毋須留在新加坡，因為根本沒合約在身，也不用開工，所以去了舅父在國內的工廠幫忙，以至認真考慮過轉行。直到二○○四年 ESPN 衛視體育台開始和 NowTV 合作後，營運環境才稍有改善，進入小陽春階段。

▶ 離開 ESPN 已成定局

對於 ESPN 衛視體育台與香港播放平台之間的合作關係，評述員其實沒有太多內幕消息，傳媒報道不會太多，公司管理人員也不會隨便向評述員透露機密資料。感覺上，ESPN 衛視體育台與有線電視的關係似一對離離合合、經常吵鬧的拍檔；與 NowTV 的關係則似乎較為和諧，但在二○○六至一○年間，NowTV 分別取得英格蘭超級聯賽、意大利、西班牙及法國甲組聯賽等大型足球聯盟的獨家播映權，這種積極進取的表現，也是 ESPN 衛視體育台在市場上開始衰落的徵兆。二○一○年夏天，NowTV 奪得 NBA 轉播權並且向我招手，雖然

仍有點猶豫，但我知道 ESPN 這一章快要完結。

離開 ESPN 我其實沒有太大傷感，在我眼中，這公司的營運早已明顯走下坡，而且自從過了十年後，已沒能給我很多職業滿足感，我感到遇上了瓶頸位，我知道回港加入 NowTV 會有更大發展空間，而這是我樂意見到的；最捨不得是要離開新加坡，這裏是我大學畢業加入社會工作之後，首次體會安居樂業的地方。效力 ESPN 的最後四、五年，許多時候我最期待是工作完畢後踏出辦公室門口，然後繼續探索這個正在不斷變化和進步的國家。從充滿熱忱到意興闌珊，這是我 ESPN 經驗的簡單總結；人總不能永遠往後望，只顧緬懷逝去的美好日子。It was time to go。

我會用身在「少林寺」來形容在 ESPN 工作的經歷。

九、十五年的磨練

從職業發展角度回看，效力 ESPN 衛視體育台十五年期間帶給我許多磨練和擴大技能層面的機會。ESPN 一直都希望評述員在職責分工方面能夠做到像美國母公司一樣清楚及仔細：要分為主持（Announcer，簡稱一號）和球評（Analyst，簡稱二號）。主持負責描述比賽過程、報讀資料、引出話題，並且控制評述節奏和節目方向，令觀眾能投入比賽過程，功能差不多等於一位汽車司機；球評負責提供戰術或技術分析，令觀眾可以明白一個動作或決定背後的原因，令看比賽這個本來比較平面化的感官經驗變得更有層次感。

大概在二千年的時候，當時製作部經理倫慧平向我提出一個要求：她覺得因為梅志輝和我都不是運動員出身，在評述 NBA 比賽的時候如果要隨便一個全程擔任二號角色似乎有點不公平，但製作預算也不容許每週找人從香港飛到新加坡擔任嘉賓評述，所以她要求每當梅志輝是我的 NBA 搭檔，我倆要同時身兼主持及球評：我在第一和第三節做主持，第二和第四節做球評。我從來沒聽過在任何機構的體育轉播有這樣的安排，但同意作出嘗試。

老實説，當時我並不欣賞這個打破常規的建議，主要是覺得它會為我帶來額外負擔和壓力。在節奏極快的 NBA 比賽過程中，評述員有清楚的職責分配其實非常重要。如果主持是司機，球評就是旁邊的乘客，兩人共同引領汽車穿越一個人多車多路窄的環境，司機需要面對複雜的路面情況，作出即時反應和正確判斷，讓汽車能夠順暢地前進，就等於主持需要準確快速地描述眼前比賽情況，包括球員動作及比數等等，令觀眾聽起來有連貫性和節奏感，這是一個具行動性的任務，但焦點會更多放在眼前事物；乘客雖然沒有親自引領汽車前進，但正正因此可以用一個比較寬闊的觀察角度去審視路面情況，例如指出遠方有一個步履不穩的人可能衝出馬路，或建議另一條更好路線等，就等於球評可以解釋為何教練會作出某一個戰術調動，或某球員缺陣對戰局的影響等，這是一個具穿透力和洞悉性的任務，焦點放在隱藏於明顯事物背後的動機，若有良好發揮，這兩個位於相同時空但有不同任務的評述員可以為觀眾帶來一幅更完整的圖畫。

　　雖然我沒有任何評述員模仿對象，但以前覺得自己應該走一條好像已經退休，著名 TNT 主播 Marv Albert 的路線。如果有一半時間要做球評，我就要花更多時間

搜集不同角度的資料，而且評述員之間的化學作用是一種抽象微妙的關係，當時我覺得一場比賽裏轉換角色三次，會為觀眾和評述員帶來不必要的混亂，不過我低估了自己的適應能力，而且經過磨合後，我和梅志輝的組合總算找到平穩發揮的空間。這個經驗讓我學會靈活變通及放下身段的重要性，沒有我，這世界還是會繼續轉，良好的隊際發揮有時候需要把自尊放到次要的位置。

開拓個人節目領域

除了美式體育，效力 ESPN 期間我也有開拓個人節目領域的機會。可能編排工作的同事知道我喜歡去馬來西亞新山（Johor Bahru）或印尼民丹島（Bintan Island）打高爾夫球，從大概二〇〇五年開始，我基本上由零開始逐步成為高爾夫球評述員之一，讓我有幸在做直播時候看到四大錦標賽一些經典時刻，例如二〇〇七年英國公開賽夏寧頓（Padraig Harrington）在附加賽擊敗加西亞（Sergio Garcia），或二〇〇八年美國公開賽左膝有傷的老虎活士（Tiger Woods）多打十八個附加洞再加一個突然死亡洞才擊敗米迪耶（Rocco Mediate）（可能是活士輝煌的職業生涯中最令人五體投地的勝利）。如果粵語評述運作總部是位於香港，這

些機會或許不屬於我。

多元化的機會，對評述員當然是好事，但也反映部門資源不足的情況。我曾經以「私生子的私生子」向朋友形容粵語評述在 ESPN 衛視體育台架構內的地位。以新加坡為製作基地的語言服務，包括英語、普通話、印度語及粵語，其中以香港的市場最小，所獲配的資源也是最少。試舉一些例子：評述 NBA 比賽時我從來沒試過出鏡即時評述，如果有出鏡都只是比賽完畢後補錄開場、中場及完場總結鏡頭，在晚上重播時候用。每年的 NBA 明星賽和總決賽，平時在隔鄰錄音室做同一場比賽的普通話同事都有機會飛到美國現場做直播，有時候我也會有心癢癢的羨慕；但效力 ESPN 足足超過十五年，我被派到最遠的工作地方是新加坡室內體育館（也只有一次），這句話聽起來有點酸溜溜，但卻是事實，到後來也無可避免地把事情想通了，告訴自己每四年就有機會去奧運會做現場採訪，是更好玩更有挑戰性的工作。阿 Q 式的心理調整有時候是挺療癒的！

十、回港加入 NowTV

二○一一年三月我搬回香港，正式加入 NowTV。當時的合約協議說明要參與 NBA 和部分高爾夫節目直播，當中每個月要評述十六場 NBA 比賽，工作量當然大增。經過幾季後我向管理階層反映：兼顧籃球及高爾夫的安排對評述質量會有不利影響。美國巡迴賽的直播時段通常在半夜，而半夜做節目的最大挑戰就是與睡魔搏鬥，特別到了凌晨四五點的時候。曾經做完高爾夫比賽後從小西灣「飛的」回到杏花邨的家，小睡一兩個小時再做 NBA 直播（也試過索性留在辦公室內睡覺）。管理層也同意我應該把更多精力放在 NBA 節目，做高爾夫的責任逐漸減到零，當然我的收入也因此減少，但對保障節目質素而言是比較好的安排。

從二○一○年球季開始，NowTV 連續轉播了六個 NBA 球季。在這段期間我的職業生涯是充實的——有機會去過兩次明星賽（洛杉磯和多倫多），拍檔也比以前多，包括徐嘉樂、丘雨勤、貝可泓及陳恩能等，對我

來說也是一個有趣的經驗，因為每一位拍檔都有不同風格，要達致最佳化學作用需要不斷摸索和微調。徐嘉樂是 NowTV 評述員陣容中經驗最豐富的，他以往在不同媒體擔任多元化的角色：既可當主持也可以做球評，是混合型評述員，我和他做節目時大家會有一個比較清楚的功能定位，以他作為球員及教練的背景，球評是合理的角色；我覺得重新合作的早期，他是有點不習慣，但很快就適應過來。丘雨勤是大中華區著名的體育活動主持，在 NBA 圈中人脈廣闊，和他做節目時他能引出許多資訊性的話題，讓我輕鬆不少，這個組合有點像兩個職業 NBA 球迷在一起看球！

在二〇一三至一四年球季，我也曾在廣東省電視台擔任嘉賓評述，同季也去過上海的百視通平台用普通話做 NBA 評述，兩個都是非常有趣的經驗。

▶ 我的最佳拍檔

許多傳媒朋友或網民都問過我，最喜歡與哪一位拍檔做節目？我從來沒給過任何明確答案，這不是敷衍大家，只是我不相信這種帶有零和意識的排序。記得有人問過我，「你認為哪一位 NBA 球員的比賽風格最像你的評述員風格？」這個問題我覺得很有意思，透過答案

也可以讓人明白為何我沒有任何「最喜歡」的拍檔——我的答案就是拿殊（Steve Nash）。從達拉斯到鳳凰城，從奴域斯基（Dirk Nowitzki）到馬利安（Shawn Marion）再到史杜達米亞（Amar'e Stoudemire），拿殊都能夠在自己表現與團體發揮之間找到平衡，與隊友產生良好的化學作用。與籃球比賽一樣，體育評述也是團體活動，我不需要是每位拍檔的死黨，但無論與誰合作，無論磨合過程有多困難，我都希望可以適應並協助製造一個多數人都覺得滿意的產品，拿殊就是我最值得模仿的對象。

a 近年與翁金驊搭檔較多，我們更在網上辦了一個「大心臟博士」的平台，跟觀眾互動交流。

b 在 NowTV 的日子，評述拍檔比以前多。圖中左起有：陳恩能、我、徐嘉樂和丘雨勤。

c 徐嘉樂（中）是我最早合作的評述員之一，自《NBA 地帶》已是一起評述 NBA 賽事；丘雨勤則多次搭檔出差到美國現場採訪 NBA 明星賽。

d 在樂視體育的日子不長，但也有愉快的時光，圖為跟拍檔張存華合照。

十一、樂視夢一場

NowTV 轉播 NBA 的六個球季裏，最多試過每週播六場比賽，我個人認為這是合理的轉播場數。在香港這個細小的市場，七百多萬人口中有多少人會慣性地收看體育節目？這個數字裏有多少是籃球觀眾？籃球觀眾裏有多少需要粵語評述？其中有多少會願意付費獲得粵語評述服務？樂視體育在二○一六年宣佈奪得香港地區的 NBA 轉播權，並表示每天都會提供兩場 NBA 比賽粵語評述！這個消息在行內帶來極大震盪，一種以量為主的營運模式，一夜之間改變了整個市場生態。徐嘉樂、丘雨勤、貝可泓和我都獲得樂視體育聘用，無縫接軌式「轉會」。可以繼續做自己喜歡的工作當然開心，況且收入亦有所增加，但我的心情卻有點複雜——與其他以評述為主的同事一樣，大家都抱着見步行步，hope for the best 的態度。

正式在樂視體育開工之前，早已在網上看過不少關於這公司財務狀況及營運模式的負面新聞，來自國內同行朋友的消息也不正面。樂視以超過十億港幣的價錢奪得 NBA 港澳地區五季獨家播放權，我不是會計師，不

知道樂視的營運計劃，從表面上看，除非是搞財技或另有一些對金融市場的企圖，單從會員收費及廣告收益，看不到樂視怎樣可以達致收支平衡。儘管充滿疑問，但作為香港評述員，除非轉行或裸辭，否則有甚麼選擇？我只能硬着頭皮上。

公道説一句，在二〇一六至一七年 NBA 球季，公司的營運表面上是風光的。辦公室位於荃灣沙嘴道嘉達環球中心極高層，是區內比較新的寫字樓大廈，辦公室內有落地玻璃，環迴樓景，景觀開揚，是我效力過的所有機構中，工作環境最好的。二〇一六年九月初，在正式開工及記者會之前，樂視派我到美國麻省春田市採訪籃球名人堂入主儀式，讓我見證姚明、奧尼爾及艾佛遜正式成為名人堂一份子，這是我一輩子都會記得的經驗。該季期間，通過 NBA 的安排，我亦有機會在香港辦公室內與 Allen Crabbe、Robert Horry 和 Jason Richardson 等現役球員或名宿做訪問，這些都是在 ESPN 衛視體育台及 NowTV 從來都沒有的機會。

二〇一六年九月至一七年四月是我效力樂視體育的蜜月期，感覺像一位平凡男生某天意外地獲得一位驚為天人的嬌娃垂青，這美女天姿國色千依百順，儘管身邊有不少流言蜚語，男生仍戰戰兢兢地與她相處，一方面

慶幸自己有此運氣，但心裏總有一股揮不去的焦慮，彷彿眼前的美好只是海市蜃樓，會在一瞬間消失無蹤。二〇一七年夏天，我回美國渡假之前，樂視體育有財政困難的跡象已經越來越明顯，但欠薪情況仍未出現，大家都希望公司能夠渡過難關。到了七月底，身在紐約的我收到丘雨勤的通知：樂視體育香港總經理賴汝正已經離職，我回應阿勤："Get ready for some fun rides."

▶ 危機爆發

二〇一七年九月回香港後，發覺樂視辦公室氣氛越來越不對勁。大部分籃球評述員的合約是斷層式設計，十月開始六月結束，中間三個月無合約，所以噩夢還沒真正開始，但對足球評述員及其他辦公室員工，拖延出糧的情況已經開始。十月中有媒體報道樂視辦公室拖欠租金已達五個月；通過流動程式或機頂盒子送出的節目訊號一直有不穩定毛病，消費者投訴變成了常態；部分辦公室員工決定跳離「賊船」，有些製作部同事甚至會在比賽開始後半小時至一小時後才出現，這種不專業的行為卻也因為公司拖欠薪金而無人理會（我也不會怪責他們），「無王管」的感覺非常濃烈。

第一個危機出現在十一月中。一般來說，香港的體

育電視媒體發薪日期會比其他行業遲兩週，例如一月份薪金會在二月十五日發放，如此類推。十一月十五日那天，大家都沒有收到薪金，當時樂視的內部解釋是因為其他一些清盤訴訟影響了銀行帳號運作，並「估計」到月底會有款項從國內匯到香港。我們一班身為評述員的，對公司已經完全喪失信心，但騎虎難下，足球及籃球評述員經商議後決定以十一月三十日為死線：當天若仍未能發放薪金，十二月一日就可能採取進一步行動，包括集體停工。大家都想專心工作，但對這種拖延手段已感到非常厭倦及疲累。十一月三十日下午，樂視終於有足夠資金發放薪水，付清九月及十月份所有欠薪及其他雜費，第一個危機總算渡過。十二月十五日和二〇一八年一月十五日，樂視都能準時發放薪金，讓繃緊的辦公室氣氛稍為緩和，但其實這是下一個風暴來臨前的平靜。

二〇一八年二月九日，有製作部同事告訴我，他們一月份的工資仍未獲發放。幕後同事發薪日期一般比評述員早一星期左右，有過被拖糧經驗，加上臨近春節，同事的焦慮絕對可以理解。二月十四日年廿九晚上，有管理階層人員透露，由國內調到的款項只足夠支付所有員工三份之二的薪水，當時心想，「他們在試探反應嗎？出糧都可以講價？」我的耐性去到臨界點，要死

纏爛打地追討本應是天經地義的東西，我對這種毫無尊嚴、本末倒置的模式感到筋疲力盡。春節是華人社會最重要的傳統節日，曾有長輩跟我說過「有債不要拖過年，不吉利的」，意思就是過農曆年前要討回欠債，或還清欠款，我雖沒有這種傳統思想，但以我所見，華人社會的公司在春節前只會有提前出糧，但若一家中國公司未能在春節前準時出糧讓員工可以安心過年，那麼就只有一個解釋：死期已近。我不想再糾纏下去，當晚作出決定：若除夕當天拿不到全數薪金我會斬倉止蝕，過年後就辭職。除夕下午，樂視總算全數付清所有員工一月份的薪水。雖然過年前未能動用該筆款項，但當時已沒有挑肥揀瘦的餘地。雖說渡過另一危機，但離開終點又近一步了。

樂視體育的最後探戈

二○一八年三月七日，樂視體育開始最後的探戈。大半年來這公司都在掙扎中苟延殘喘，這一天死神的身影終於出現。除了辦公室的欠租問題未有解決，與雲端服務供應商的關係也到了決裂邊緣，沒有雲端服務，觀眾根本無法收看節目，該週末樂視無法在自己平台播放曼聯對利物浦及其他多場英超賽事。當時堅守崗位的製作部及科技部同事曾經嘗試在香港找尋臨時雲端服務，

希望可以保持最基本服務給予客戶。我記得整個週末都有一種超現實感覺，好像看見一個末期病人進入彌留狀態，醫生們圍繞病床進行心肺復甦急救，我的靈魂抽離軀體，看着自己及其他同事在辦公室內，帶着無奈的心情邁向不能改變的命運。我向同事張存華說，"I think the end is near."

管理層在三月十三日正式向員工發電郵宣佈一個大家早有心理準備的消息：三月十六日開始，所有評述服務終止，樂視體育正式「熄燈」。可幸的是，樂視在三月十五日向員工付清二月份薪金，三月份半個月的薪水亦在一星期後發放，勞資雙方總算好來好去。

從二〇一七年十月開始，直至樂視終於「熄燈」，這半年光景是我踏入社會工作後最困難最疲累的時刻。除了做節目，還要和同事開會討論公司狀況，應付每天來自觀眾的投訴（全是我沒法解決的節目訊號問題），以至向政府機構查詢法律保障的問題以及與律師連繫等等。每次踏進荃灣的辦公室，都有一種介乎真實與不真實之間的奇怪感覺。評述員的工作仍然繼續，而面對非常真實的欠薪前景，我知道所有評述員仍然緊守崗位，表面上馬照跑舞照跳，但支撐運作的財政基礎卻像被白蟻侵蝕已久的木柱，江山倒塌的日子近在咫尺。在不到

一年的時間，新成立公司那種員工們起勁的熱誠，變為整體士氣出現懸崖式下墜，管理階層出現斷層。回想當時情景，如果樂視體育是在毫無預警之下突然倒閉，震撼情度可能更大，但大家也可更快獲得解脫。我的經驗看上去像一個本來看似充滿活力的人，一夜之間變得虛弱然後逐漸枯萎──這真是一個我此生不想再遇上的經歷。樂視體育開台之前與 NBA 簽下五年合約，我曾經半開玩笑地與朋友説，希望樂視可以捱過三年，結果開台一年半就壽終正寢。

a 離開樂視前的留影。

b 在樂視期間，曾跟一些 NBA 現役球員或名宿近距離作訪問，圖為跟 2002 及 2003 年度兩度拿下入樽賽冠軍的 Jason Richardson(J-Rich) 進行採訪。

c 2016 年，獲派到美國麻省春田市採訪籃球名人堂入主儀式，圖為儀式前現場訪問奧尼爾。

十二、不願見到的貪婪

最後一次踏出樂視辦公室門口，我如釋重負，擺脫噩夢纏擾的感覺就是暢快，哼着蘇芮的老歌〈跟着感覺走〉，想起從前在桂林騎着單車自由自在到處探索，與二十多年前的失業時刻比較，這一次少了一份徬徨，多了一份踏實。我開始飢渴式閱讀，根據我 Goodreads 帳號的記錄，這一年我完成了二十一本書。其實平時在網上找尋節目資料也是一種閱讀，不過為工作而閱讀與為閱讀而閱讀是兩碼子的事。我也開始重新認識深圳，以前對她的印象還停留在羅湖口岸的擠擁，以及過關後被小朋友圍繞着，拉着衣袖求賣鮮花的情景。深圳的變化及進步，向我證明「讀萬卷書不如行萬里路」這說話的道理。這段時間也參加了由「SlamTalk 籃 Team 說地 NBA 討論區」主辦的幾項活動，包括為了支持粵語評述，在一間戲院內舉行的「2018 籃球高峰會」，讓我有機會第一次面對面認識許多臉書上的朋友，他們的熱情和支持令我非常感動。

　　樂視倒閉後的頭半年，我的生活是非常充實的。以往每到九月中旬左右，我的評述員生理時鐘開始就會發

出訊號，要散漫的心重拾專注，迎接新的球季，但那一年有點特殊：離開中秋節只有兩星期，NBA 香港播映權誰屬仍未落實。當時我認為應該沒有另一家公司會再用樂視那套以量為先的營運模式，私底下希望 NowTV 可以重奪播放權。中秋節在朋友家燒烤時，收到前樂視管理人員的短訊，獲告知一間新成立的 OTT 平台，取名「體通天下」取得 NBA 香港播映權，但運作預算比樂視少。他們邀請我加盟，卻要大幅減薪，我表示可以接受扣減百分之十的薪金，雙方同意保持連繫後，卻到了十月二十一日，即球季開始後，仍沒有提出實質合約條件。直至十月二十七日，該平台終於開出條件：如果依照我的薪金要求，那麼每月我需要單人評述十六場比賽，外加「一些節目」。我表示願意每月做八場比賽（雙人講），而且是當 part-time。

對方說：「做 part-time 都要獨家。」（意即不能效力另一家電視機構）

我說：「你認為我願意拿你提出的一半工資，在沒有任何福利之下，仍會與貴公司一起乘風破浪？」

可能有人以為合約事情拖得愈久，評述員就愈沒有議價空間。經過樂視一役，面對背景相若但資金來源顯得更神秘的「投資者」，我不願意硬着頭皮上；我可以

作出的最大讓步就是當兼職，我接受這機構運作預算較少的前提，願意少拿一半的錢，沒拿的一半我自己想辦法把它賺回來，賺不回來的風險我自己去承擔（市場上大部分評述員所簽的合約都是個體戶合約，意即沒福利、沒假期、沒強積金供款）。如果作出了這讓步後，仍有人堅持評述員必須提供「獨家服務」，那就沒談下去的餘地。市場上仍有所謂管理階層只懂得用冷戰時代的零和遊戲思維去「管理」， 卻不會想辦法製造雙贏局面。力有不足但仍要維持「獨家包養」的關係是愚昧的想法。當年我寫給一位行外朋友的說話，總結了我包括對 NBA 及讓 OTT 平台拿到香港 NBA 播放權的看法：

NothingButAvarice

Maximizing short-term to mid-term profits by allowing ignorant, out-of-market vendors to callously flood the market with utter disregard for its capacity, ignoring the most basic economic concept of supply and demand, applying a business model egregiously unsuitable for a market of Hong Kong＇s size, and in the process jeopardizing the long-term viability of the market is not only short-sighted and irresponsible, but predatory capitalism at its worst. I fail to see why it can be a sustainable business strategy. It is tantamount to the Chinese phrase 殺雞取卵, or, in local parlance, "LAM 到盡." Today I return to work amidst an uncertain future for the commentators' profession, hoping the 18-19 NBA season will be a good one, and most of all, hoping recent history will not repeat itself.

只有貪婪

（中譯：為了讓短期到中期的利潤最大化，賺到盡，讓來自市場境外，本身對該市場運作不熟悉的公司，魯莽地以拋售式手段把產品充斥市場，漠視市場的大小和承受力，忽視供應與需求這個最基本的經濟學道理，使用對香港市場不合適的運作模式，在過程中破壞市場生態及危害市場的長遠健康，這種做法不單只短視和不負責任，也是掠奪性資本主義的表現。我不覺得這是能有持續性的生意策略，這其實等於殺雞取卵，或本地人的說法：「LAM 到盡」（賺到盡）。 面對這行業不明朗的前景，今天我回到工作崗位，希望二〇一八至一九年 NBA 球季順利進行，也希望最近的歷史不會重演。）

a 「2018 籃 球 高 峰
會」由「SlamTalk籃
Team 説地 NBA 討論
區」主辦，我和黃興
桂、徐嘉樂都有份獲邀
出席。

b 籃球運動於一八九一
年由尼史密夫（James
Naismith）於春田（位
於美國麻省）發明，圖
為我跟尼史密夫銅像
的合照。

十三、重返校園

還住在新加坡的時候，也想過要攻讀一個碩士課程充實自己，但當時對於留在新加坡的長遠前景有擔憂，總覺得有機會隨時要走，因此沒有找到太大動力；回香港後效力 NowTV 及樂視期間，每週都要參與至少三至四場 NBA 比賽，根本沒有多餘時間。樂視倒閉後，我的最大意外得益是讓我能退後一步，以局外眼光審視並計劃以後想走的路。我終於有較多時間可以兑現一張向自己開出的期票：攻讀一個碩士課程。考慮到上課及工作時間的分配，我報讀香港大學新聞系碩士課程，二〇一九年秋天開始 part-time 上課，本應兩年內完成課程，但因為二〇二〇年的疫情拖延了進度，要到二〇二二年夏季才完成課程。

　　離開校園整整三十年，再當學生是一個精神煥發的經驗，讓我有機會接觸來自不同國家、年齡及界別的新朋友。帶着電腦上課、上網交功課、上課期間用 PowerPoint 作為陳述工具，這些今天被視為理所當然的平凡動作，在上一次當學生的時候，還是非常陌生的概念。也因為一些不能預見的波折，我的港大經驗跟預

期之中有點不同。在我腦海中，校園內乃發表意見，互相切磋，一個放開胸懷去聆聽的不批判性環境，但從第一個學期開始，我踏進了一個高度緊張而且甚有火藥味的校園環境。第二個學期（二〇二〇年春季）因為出現新冠病毒肺炎，所有課程改為網上授課，我決定停讀一個學期，把畢業的日期也順延一年。

我對網上教學是有點抗拒的。我當然明白在疫情期間這是無可避免，但在校園上課的經驗，不論是幼稚園或研究院，除了學習知識，社交也非常重要；既然我付出面對面授課的學費，暫時也不需要這學位去找工作，停讀一個學期是很容易的選擇，但我的許多年青同學卻別無選擇。港大新聞系全職碩士課程為期一年，以我理解，非香港學生的學習成本可能比本地學生昂貴很多，許多外地同學都希望盡快畢業投入職場，我有一位美國女同學租住一百多呎的劏房，一位中國女同學與另外四位在微信認識的女同學合租一個兩房單位，其中一位每晚要睡在客廳；家裏環境擠迫，大家的生活習慣也不同，未有疫情之前她們經常整天留在校園，有時也會去咖啡廳用無線上網，疫情發生後連回學校也不可能。

"I feel homeless." 一位同學在微信群組內留言。

付上昂貴學費得到一個物非所值的經驗，但如果停

讀一個學期可能要找新的室友和新的居住地方，並付出超出預算的額外生活費。同學們曾經發起要求港大減學費的簽名運動，最後沒有成功，我非常同情她們的遭遇。

在二○二○年秋季及二一年春季兩個學期，港大都採用混合模式授課：學生可以到校園（必須戴口罩和保持社交距離）或通過 ZOOM 在其他地方上課。港大要求在網上上課的同學必須把 ZOOM 的鏡頭開啟，讓教授可以看到他們，實際上有超過七成同學不會遵守這規定，也沒有教授嚴格執行大學的要求；有些同學或因為不在香港，或自己選擇，整個學期都沒有在課室出現過。出席人數已經不多，再加上戴着口罩，雖然我有百分百的現場出席率，但對此兩學期的同學我的印象是模糊的，即使生活回復正常，大家可以脫下口罩後，我也不一定可以在街上認出他們，這是我的港大經驗最大的失望及無奈。

如何當一位好的評述員

從「講波佬」到評述員，從獅城到東方之珠，從傳統免費電視到 OTT 網上媒體，我會以「無心插柳」去形容這二十幾年的傳媒生涯；也因為入行前沒受過任何相關的職業訓練，我對理論和實踐的次序關係，看法與其他人不盡相同。通過在 ESPN 年代大量的實踐機會及不斷摸索，我以逆向思考發現，並漸漸築起評述員應有條件的理論基礎。不要被「理論基礎」這幾個字嚇倒，你絕對不需要有 160 或更高智商才能成為評述員；體育評述並非天文科學，但要成為稱職的評述員也不能只靠天份。所謂理論基礎其實只是一些我覺得有效的小規矩或態度，不是詳盡無遺的方程式。希望這理論基礎，可以

讓大家對這行業多一個不同角度的認識。

初入行時每當被問及我的職業，我發覺回答「英文人」會比回答「中文人」有更舒服和釋懷的感覺。答 "Sports Commentator" 或 "Sportscaster" 後，通常的跟進問題會問到在哪一間公司上班。但當我答「體育評述員」之後，不少問者會稍為修正我的答案：「噢！你是講波佬」。「佬」是粵語世界裏一個非常有趣，常見不過的用字，可用於形容男人的地位、與他人的關係，或外表上一些特徵，例如大佬、細佬、大隻佬、高佬（我做節目時幾乎每場都會用到「高佬」這個形容詞），在這語境下，「佬」是一個非常親切、極具粵語特色的字。但在其他語境，「佬」可以在故意或潛意識中被用來表達一些潛藏的負面看法，特別是用在形容職業時，例如的士佬、巴士佬、地產佬、街市佬、地盤佬、裝修佬等等（當年在滙豐投資管理公司上班，有時遇到一些態度傲慢或不合作的基金經理，我也會與後勤部門同事用「Fund 佬」一詞去發洩一些情緒）。

或許我有點過分敏感，但用「講波佬」去形容評述員這行業，某程度上是一種佛洛伊德式說漏嘴，受潛意識支配的言語選擇，潛台詞是：這是一個社會地位比較低，而且不甚專業的行業。你聽過有人用法律佬去形容律師嗎？用投資佬去形容財務管理嗎？部分觀眾有此潛在印象，可能因為以前聽過一些不專業評述，或對評述行業缺乏深入了解。事實上「講波佬」一詞已經與時代脫節：體育評述早已是巾幗不讓鬚眉的行業，不少專業評述員都是女生。

體育評述員要牽動觀眾情緒

上世紀七十年代還未移民美國之前，星期日下午不時會有家庭聚會，當成年人都在打麻將時，我就開收音機收聽林尚義或何鑑江評述精工、南華或愉園等勁旅大戰，總會聽得津津有味。印象中並非每週都有電視直播，所以當時聽收音機是球迷即時接收比賽資訊的主要渠道。其實在比賽後看文字報道也可獲取資訊，但始終不及在比賽進行期間於精神上同時投入那份滿足感。況且，在沒有任

何畫面的情況下，那些評述員的生動描述，在在豐富了自己的想像，有如與球隊一起在賽事中經歷高低起伏。

科技發展一日千里，今天幾乎每個人都有智能電話或電腦，轉播比賽的頻道及方式也越來越多，有聲有畫的直播已是推廣任何比賽產品的基本要求，聲畫合一讓觀眾可獲得一個更完整的經驗。縱然觀賞方式已大為改變，但本質上，體育評述員就是一個說故事的人，他最基本的任務就是牽動觀眾情緒，讓他精神上完全投入，明白故事的發展，提升觀賞時候的滿足感。在今天娛樂選擇極多元化的年代，「聲音導航」依然是重要的綠葉元素。

評述員也是一位表演者。運動比賽是一種娛樂產品，評述員則是這個產品的一部分。除非是一場宇宙級水平的比賽，一般來說如果評述員只會平鋪直敘地交代過程，觀眾或會意猶未盡，就如喝了一杯白開水的感覺；評述員在適當時候加入個性或風格，可以令節目顯得更生動。有人喜歡用金句，有

人喜歡搞笑，有人甚至唱歌；黃興桂的「有今生，冇來世」或「蔗渣價錢燒鵝味道」就是最佳例子，甚至已經打入主流，成為日常用語，這些都是評述過程中的表演元素。

身兼多職，不忘專注

在規模較大的市場裏，直播比賽時幕前團隊通常還包括一位場邊記者，負責披露比賽期間的突發消息，以至進行場內訪問等；也有資料搜集員在比賽前及比賽期間向評述員提供最新數據，或滿足其他資料要求。然而在市場規模極小的香港，絕大部分時間無可能有如此仔細的分工，所以香港評述員也要兼顧記者及資料搜集的工作。

NBA 常規賽共有八十二場，球季為期八個月，在總決賽前因為成本原因，基本上沒可能每週做出鏡直播，而且訊號來自海外電視台，所以是一個很被動的經驗。在我記憶中，只有樂視曾經慣常地在常規賽做出鏡直播，不過只在週末才做。美國製作團隊在比賽開始前一定要開會，評述員會預先知道當天在鏡頭前會出現那些統計

表或圖表，記者會提及甚麼故事等等；香港評述員絕對不會預先知道這些資料，遇上時只能靠預先做好的準備，盡量作出即時反應。當 NBA 轉播進入廣告時段，這也是評述員找尋及更新資料的時機，但評述員也必須知道，大部分資料搜集工作應該在比賽開始前完成，若比賽期間花太多時間找資料或發網上訊息，容易造成分心，在節奏緊湊的 NBA 轉播中，這是一個危險動作。

持續專注力是評述員表現好與否的其中一個關鍵因素，雖然評述員不需要和球員一樣用身體在球場內跑來跑去，但亦與球員一樣，腦袋需要全情投入，當精神不夠專注，評述員反應變得較慢，也容易講錯說話。要成為稱職的評述員，保持持續專注力是不能忽略的環節。

要成為一位評述員，對產品有足夠認識當然是基本盤，良好的表達能力也非常重要，需要清楚和快速地以有邏輯及條理方式，用言語表達思想；不需有曹植七步成詩的詩人級水平，但最好有些語言

天份。如果對工作有熱誠，評述員會自發性地付出更多時間去鑽研及改善自己的技巧，他人眼中的苦差就會變成自己的機會。我認為表達能力可以通過鍛煉達致改善，而性格和態度會決定一個人是否適合當評述員。一個不愛冒險的人大概不會是非常成功的評述員，每一次做直播節目其實都是一場冒險，講錯任何説話都無法重新再來，評述員需要有挑戰自己、克服不安和焦慮的能力。怎樣才算對產品有足夠認識是一個沒有標準答案的問題，拿 NBA 轉播為例，熟悉聯盟的歷史和運作，了解其規則，甚或有職業球員背景，這些知識及經驗當然有幫助，但也無法保證他／她一定適合當評述員。態度再次決定一切，羅馬不是一朝建成，沒有人一入行就是一本百科全書；對自己有要求、對工作有熱誠、保持持續改善的態度，是任何成功評述員必須有的特質。

不要把節目當成私人講壇

在中學時期我和訓導主任閒聊時，有時會談到人際關係，對於和不太熟悉的人可以有甚麼話

題，他有這樣的看法：

"If you want to have a cordial and civil conversation, better not touch on politics, race or religion."

（如果你想有一個親切和有禮貌的對話，最好不要碰到關於政治、種族或宗教的話題。）

他的意思是，幾乎任何人都會對這些話題有看法，並且可能有堅定強烈的意見，與不相熟的人討論這些話題隨時會引起爭執。可能不同年代的人對話題禮儀會有不同看法，其實就算是一家人討論這些話題也有可能出現爭執，不過從我成為評述員的第一天起，就把老師的看法引進到工作領域之中，一直遵守至今。在適當時候講適當話題，或避免講不適當說話，在對立情緒高漲的今天社會，這是評述員必須擁有的觸覺。

甚麼是不適當說話 / 話題？這個問題難有徹底全面的答案，我個人的規則是：不在節目裏發表與政治、種族、宗教，或可能引起爭議的個人言論，

儘管專注在比賽的發展。從轉播機構的角度,決定節目成績的最基本指標是收視率,要達致高收視率必須廣攬觀眾;在一個多元化社會,廣大觀眾群裏一定會有來自不同階層或不同光譜的人,轉播機構的目標是一種全涵蓋式「量」的追求,沒必要去冒犯任何觀眾群而造成一個對立的氛圍。在這種遊戲規則下,評述時避免提及敏感話題,節目方向維持中立,「大路」是無可避免的,這是尊重公司也是尊重觀眾的態度。我不反對體育評述員在私人時間對社會議題發表意見,這是個人的選擇和自由,只要清楚知道可能出現的後果就可以了。謹記個人的社交媒體帳號是發表個人意見的地方,體育評述員不應該在性質不同的環境內,把錄音室當做自己的私人講壇。

TIPS

1) 每位評述員都希望觀眾知道自己有做預備,但報資料或其他資訊時也要適可而止,在適當時候做,不要與畫面有違和感,資料是每個節目重要的

一環，但不是唯一的一環。

2) 無論評述員自覺當天狀態有多好，都有可能報錯資料或講錯説話。發現錯誤提出更正後，就必須保持向前看的態度，不要回頭望，也不要暗地裏自己生氣，比賽不會等待任何人的，自己生氣只會令專注力下降，影響發揮；不要帶着負面心情做節目，更不要讓負面心情形成雪球效應。

3) 評述員即使做了充足功課，但「入閘」做節目當天也可能因為某些原因，例如睡眠質素或健康狀況等，影響了發揮。當發覺自己狀態欠佳，可以嘗試放緩説話節奏，專心描述比賽過程，減少太多不同方向的思路，讓自己精神回復後才做回正常的自己。

4) 體育評述也是一項團體活動，不是獨腳戲，評述員應避免滔滔不絕地發表長篇大論，避免一匹布式發言，要建立兩人交換發言的節奏，有合理的停頓位。我舉一個籃球例子：如果有一位控球後衛不是等到進攻時間剩餘三四秒才交

出第一傳，就是過了半場就立即把球傳給隊友，然後自己站在底線角落位置放空，他的隊友能容易找到節奏嗎？

比賽前的預備

1) **資料預備**：如果有機會常規性地評述某一項運動，評述員需要把聯盟內的球員、球隊及其他相關資訊有系統地收納。以我自己為例，NBA 球季開始前我會為每一隊開一個文件檔案，內含該隊所有球員的資料，平時做功課遇到有用資料時把它（網頁連結或把需要資料複製再貼上）加進文件內，一點一滴把文件內容豐富起來，這是我入行後持之以恆的習慣。在網絡資訊極為發達的今天，評述員未必能夠把每天接觸到的資訊都記進腦裏，一個屬於自己的資料檔庫有利在適當時候找到自己需要的資料。

2) **身體預備**：正如球員為了令身體機能處於最佳狀態而作出一些飲食或生活習慣調整，這道

理也適用於評述員。充足睡眠乃最基本預備。嗓子是評述員在節目裏表達思維的唯一工具，就算有極敏銳的思維，如果沒有聲音表達也是徒然，帶着沙啞聲音做節目是很辛苦的事情，觀眾也會聽得不舒服，所以評述員需要小心保護自己的「生財工具」！是否需要避免某一類食物當然視乎不同體質而定，以我為例，我從來沒戒掉辛辣食物或酒精飲品，但會適量攝取，平時盡量不要大聲說話，如果有去卡拉 OK 的習慣，最好避免唱太多音域高以至需要用力唱的歌。（從前經驗告訴我，每次唱完 Beyond 的歌，特別是〈海闊天空〉，翌日多會聲音沙啞！）

3) **心理預備**：可能很多 NBA 球迷都知道，史提芬居里在主場比賽時，於熱身完畢後總喜歡從通往更衣室的隧道口超遠程地射兩三球；也有球員習慣帶着藍芽耳機練習射球；有人要在指定位置入球後才結束練習等等，這些賽前指定動作的重要

性不限於娛眾或練習，也是個別球員的一種心理預備，令精神開始進入比賽狀態。賽前慣性動作其實適合於任何行業，評述員也可以按自己需要制定一套開工前的指定動作，不論是聽音樂、進食，或一些行為上的小習慣，目標是幫助評述員盡快進入啟動模式，令自己在節目一開始已經處於高度專注的狀態，功能就等於球員比賽前的熱身動作，對於評述員，這就是節目開始前的熱腦動作。

第二部分

NBA現場

1998 年明星賽：
佐敦的 Last dance

對 NBA 來說，每年的明星賽是招呼贊助商／合作伙伴的時候。根據一些美國傳媒估計，每次明星賽的門票有九成由 NBA 控制，主辦球隊獲配給的票，通常都是山頂位置。NBA 非常希望每年世界各地電視台合作伙伴都派採訪隊去現場，讓這派對更熱鬧。當亞視在一九九八年第一次派員到美國做現場採訪及評述時，感覺上當時 NBA 是非常重視的，抵達紐約當天已經有香港的 NBA 公關人員在唐人街酒家設宴招待亞視及其他文字媒體。

每逢明星賽週末，NBA 在主辦城市都會安排許多有球員或名宿參加的社區活動；通過這類直接交流，NBA 可以鞏固產品形象，與社群建立延伸至球場外的關係，為他們帶來一些物質上的改善，也讓品牌影響力滲入社區，在社區留下更長遠的貢獻。本質上這是品牌形象工程，但不少服務社區的機構或弱勢團體可藉此獲得曝光機會及關懷，所以這是一個雙贏局面，是值得鼓勵的活動。然而，對美國境外電視台來說，這些社區活

動就沒甚麼吸引力了，星光熠熠的球員才是真正目標。

對採訪球員的安排，NBA 一般會租用酒店會議廳，每位球員及主教練各佔一張桌子，記者可以自行決定採訪哪些對象。這種自助餐式安排有好處也有壞處，超級球星例如高比拜仁、勒邦占士或史提芬居里等，總會有異於其他明星球員的「地心吸力」，除非一早在場等候，否則難以擠到球員面前，站在第一排的有利位置，而要拍到記者及球員同時在畫面內的鏡頭也不容易。由於有太多人搶着發問，隨時會被其他記者捷足先登問了自己想問的問題；記者必須做好功課，預備多道問題，根據現場情況作出反應。

一九九八年明星賽是米高佐敦最後一次以公牛球員身份入選，該屆也是九十年代公牛王朝的最後光輝時刻。雖然對上七屆曾五奪總冠軍，積遜教練與總經理卡羅斯 （Jerry Krause）的分歧已經去到無法修補的階段，根據中鋒溫寧頓（Bill Wennington）所說，積遜教練在該季第一次球隊會議裏向球員派發天書，封面上印着他賦予該季的主題 "Last Dance"。MJ 與積遜教練關係非常密切，大家估計 MJ 會與教練共同進退。公牛王朝的最後時刻，籠罩着整個明星賽週末，是揮之不去的魅影。

米高佐敦如常地缺席傳媒採訪日，發燒是缺席的官方原因，聯盟也向他徵收罰款，但當日在場每一位與我聊過的記者裏，沒有人覺得 MJ 會缺席星期日的明星賽。當時我入行不到四年，聽到許多經驗豐富行家的想法後，讓我稍為放心，如果佐敦缺席明星賽，我會感到極度失望。

　　這場比賽 MJ 一如所料現身上場，但最令我印象深刻的卻不是 MJ，而是只有十九歲，第一次入選明星隊的高比拜仁，他似乎早已下定決心要向 MJ 挑機，那種近乎狂妄的自信令我既驚訝又佩服，只能用初生之犢不畏虎去形容。高比不斷找尋挑戰 MJ 的機會，甚至叫準備為他做單擋的卡爾馬龍（Karl Malone）讓開，等他可以單打佐敦，我還記得「郵差」站在「葫蘆頂」附近搖頭的樣子，可能他覺得 NBA 世風日下，這些小子沒大沒小！最後是由 MJ 帶領的東岸明星隊大勝二十一分。當頒獎儀式及電視轉播完結，我從工作位置站起，遙看球場中間，MJ 被依依不捨的記者圍着，心裏想着，如果這是一個年代的終結，MJ 今天已帶給我一個永遠難忘的記憶。

a 1998 年，首次親臨現場採訪
NBA 明星賽，盡是興奮和緊張。

b 工作之餘，不忘與一眾亞視同
事於美國自由神像前留影。

2011年明星賽：
格里芬技驚四座

第二次現場採訪 NBA 明星賽是二〇一一年在洛杉磯，跟第一次相隔足足十三年，這次我代表 NowTV，和拍檔丘雨勤一起在現場評述。NowTV 剛在該季獲得香港地區播映權，我也在該年三月份把「基地」搬回香港──雖然深知回港後會有更佳職業發展，但也捨不得離開已經居住超過十五年的新加坡，心情有點複雜。那一年也是我第一次到訪洛杉磯，在我心中，「羅省」就是聲色犬馬美利堅的完美寫照，不是我那杯茶，我比較喜歡北加州三藩市的歷史文化。我抱着開眼界長知識的心態，展開洛杉磯工作之旅。

與其他明星賽週末一樣，NBA 早已有一套規範化的運作模式，各方面都沒有太大驚喜。來到了智能手機年代，加上拍檔阿勤的幫忙，這次拍照比一九九八年那次多了。對於明星賽正賽我已經沒有太深刻印象，不過我想球迷還是會記得那年花式入樽賽的格里芬（Blake Griffin）。他是二〇〇九年選秀會狀元，但因為左膝受

傷沒有參加二〇〇九到一〇年球季，技術上來説，二〇一〇到一一年球季才是他的「菜鳥」球季。當年的格里芬爆發力十足，與現時效力布魯克林籃網的他根本是兩個不同型號。最搞笑是他嘗試最後一個入樽前，現場出現了一批穿着詩歌班禮服的大叔大嬸，唱着 "I Believe I Can Fly" 為他護航。該入樽的設計也頗見心思，在籃框前橫放一部有天窗的汽車，隊友巴朗戴維斯（Baron Davis）從車內拋出籃球，格里芬跳過車頭，在空中接球完成入樽，拉着籃框然後着陸在車頭蓋上，把全場氣氛推至高潮，也實至名歸地成為花式入樽賽冠軍。

a 明星賽前夕，我訪問控球後衛 Chris Paul。

b 近距離訪問樸普域治教練。

2016年明星賽：
近距離訪問 AI

第三次現場採訪明星賽是二〇一六年在多倫多，同樣代表 NowTV，拍檔也是丘雨勤。多倫多是阿勤的家鄉，團隊裏有一個地膽，各樣安排自然事半功倍。多倫多是一個充滿生氣，有多元文化的地方，是我最喜歡的北美城市之一，但第一次在冬季到訪多倫多後，以後如無特別需要，我還是留待夏天才去吧。極度寒冷的天氣使我並不特別享受這次採訪經驗；往外地採訪，總不能全部在室內拍攝，在多倫多的五、六天裏，每天平均溫度只有攝氏零下十度左右，刺骨寒流令風寒指數跌至攝氏零下十八度左右，穿了幾層衣服再加羽絨外套都仍有寒意，明星賽完畢後我馬上就生病了。

　　NowTV 被安排在當時稱為加航中心的最高層一個演播室內做節目。在轉播行業裏，山頂位置絕非身份象徵，評述員的視角並不理想，有時我需要仰前才能看清楚球場，更多時間我需要觀看電視屏幕，好處是工作環境較為舒服及寬敞，有屬於採訪隊自己的空間，也有

更多地方擺放電腦及其他資料；只能說，如此安排也算是感受到現場氣氛！如果可以選擇，我還是比較喜歡地方擠迫但距離較近的工作位置，NBA 籃球是一種 in-your-face 運動，坐在山頂的隔離感，與熾熱的比賽氣氛根本格格不入。

　　NBA 會在星期六和星期日比賽前，為所有在場的電視機構安排大約三分鐘的衛星傳送時間，那三分鐘可以自行決定內容，或與一位球員進行簡短訪問，將聲畫即時傳回自己機構，原則是「一 take 過」，沒有重做機會。我和阿勤訪問了參加星期六技巧挑戰賽的慕迪亞（Emmanuel Mudiay），巨無霸奧尼爾在星期日那天經過時，和阿勤打了一聲招呼。整個週末印象最深肯定是花式入樽賽，薩克拿芬（Zach LaVine）與艾朗哥頓（Aaron Gordon）合演了可能是明星賽歷史上最精彩的對決之一。薩克拿芬沒有用任何道具或需要其他人參與，每一個動作都是力量與美感兼備。艾朗哥頓的最後一個入樽，其中三位評判給予九分我覺得是太過手緊，較為合理的賽果應該是雙冠軍。離開多倫多那天，在機場巧遇薩克拿芬，他很友善，對球迷的拍照要求來者不拒。

a 我們被安排在「山頂位置」進行評述，視角並不理想，只能說是感受現場氣氛。

b 在三分鐘的衛星傳送時間中，我和丘雨勤訪問了參加該屆明星賽技巧挑戰賽的慕迪亞（Emmanuel Mudiay）。

c 在準備衛星直播時，佻皮的奧尼爾走到我們身後。

d 離開多倫多那天，在機場巧遇薩克拿芬（Zach LaVine）。

▶ 採訪籃球名人堂頒授儀式

　　在二〇一六年秋天正式簽約加盟樂視之前，我被賦予一個任務：去美國春田市採訪籃球名人堂頒授儀式，我相信這是首次有香港電視機構派人到現場採訪這項籃壇盛事。這一屆的入選名單有姚明、奧尼爾和艾佛遜等人，單看這三個名字已經讓球迷感到興奮。

　　春田是美國東北部麻省境內一個接近四百年歷史的城市，從人口或學術名氣角度，春田與省內第一大城市波士頓相差甚遠，但在籃球世界裏，春田有無法代替的歷史地位。尼史密夫（James Naismith）在一八九一年於春田發明了籃球運動，籃球名人堂也順利成章地座落於春田，每年的頒授儀式就在博物館內舉行，總能吸引許多來自世界各地的籃球迷來這籃球聖城朝聖。如果來春田旅遊，除了名人堂博物館外，其實也可考慮到春田學院逛一逛。從市中心出發大概十分鐘車程就到達開放式的主校園。學院有四個不同院校，規模不算大，校內環境寬敞，綠油油的青草地襯托帶點古典風的紅磚建築外牆，看似是一個很舒服的學習環境。我預先與該校約好時間，到達後表明來意，兩位任職體育分院的主任非常熱情地迎接，並委派一位來自中國的體育科研究生擔任導遊，帶我參觀校園內的 YMCA 名人堂、籃球場

等等，感受校園內生活點滴。

　　頒授儀式前一天，名人堂博物館內舉行了記者會，十位入選人士或其代表獲頒橙色外套以象徵地位。記者會為了某些原因延遲了半個小時才開始，十位人士的入場次序根據姓氏的字母排序而定，他們坐下後，大家就看出活動延遲的原因：艾佛遜竟然不在場！大會宣佈艾佛遜將不會出席記者會，但會出席頒授儀式。場內觀眾的低聲細語無法掩蓋夾雜難以置信的失望：AI怎麼可能缺席這個大日子？這不是一般的練習啊！記者會後入選人士轉到一個大廳接受訪問，大半小時後大廳門口出現哄動，我聽到有人說 "He's here!"，大家都立即明白那個「他」就是艾佛遜。神推鬼恐下我佔據了AI身旁的位置，靜靜等候發問機會，感覺就像當年在悉尼奧運訪問詹旭剛（詳見本書第三部分）。和詹旭剛一樣，艾佛遜也是很感性的人，當提到以前的隊友和教練，他感謝他們的包容和犧牲，讓他能有今天的成就，他聲音顫抖，眼有淚光，絕不是裝出來的虛情假意。我問他以往有沒有考慮過好像 Bo Jackson 或 Deion Sanders 一樣以職業身份參與兩種不同體育運動，他非常喜歡我的問題，並覺得自己有能力成為優秀的美式足球員。

　　訪問完畢後我鬆了一口氣。這三位NBA名將裏我

最想訪問的就是艾佛遜，我行我素的放任態度或許曾令支持者感到懊惱，不過有些人經常遲到但從不缺席，那種從不欺場的拼搏精神，打不死的戰神風格讓 AI 渾身都是魅力，他毫不保留地讓人看見他有血有肉的人性，縱有缺點，但真正支持者會明白這種率直坦白的可貴，我很高興能在艾佛遜籃球生涯修成正果那一天，在現場見證並送上祝福。

ⓐ ⓑ ⓒ 到美國春田市採訪籃球名人堂頒授儀式，相信這是首次有香港電視機構派人到現場採訪這項籃壇盛事。這一屆的入選名單有姚明、奧尼爾和艾佛遜（Allen Iverson）等人，單看這三個名字已教人感到興奮。

難忘的 NBA 比賽

要從二十七個球季裏挑選我認為最緊張刺激或最難忘的 NBA 比賽，就像從家中儲物室的舊箱子裏找尋昔日心愛過的物件一樣，你意識到它的存在，但需要時間重拾感覺。有些標誌性或精彩比賽我沒參與評述，譬如「柯本山皇宮打鬥事件」 或高比單場獨取八十一分等；讓我印象深刻的比賽，大部分我都有參與評述。

▶ 公牛 Vs 爵士

最早期的記憶都和米高佐敦有關。一九九七年 NBA 總決賽第五場，公牛作客爵士，NBA 民間歷史把這場比賽稱為「感冒之戰」。曾擔任 MJ 私人訓練員，當日在佐敦的酒店房間目睹 MJ 痛苦的表情，高路華（Tim Grover）「實牙實齒」斷言，早一個晚上的外賣比薩肯定有問題，他説佐敦並非患上感冒，是被人落毒！事實真相或許永遠無法水落石出，那天 MJ 帶着一個 「病貓」的樣子踏進球場，坐在場邊看似虛弱，在比賽末段甚至需要隊友柏賓（Scottie Pippin）攙扶，但他仍然上陣長達四十四分鐘，取得全場最高的三十八

分，協助公牛取得關鍵一勝；我無法形容在評述過程中，心裏那種震驚、佩服及感動的混合感覺。MJ以行動證明球王美譽並非浪得虛名，我相信這場比賽會經得起時間的考驗，即使有一天所有參賽的球員都已經不在，「感冒之戰」仍會被視為NBA歷史上最精彩難忘的比賽之一。

一年後公牛及爵士在總決賽重逢。「公牛王朝命運」、「米高佐敦最後一章」等話題，令該兩週的評述記憶總是帶點依依不捨。偉大球員總有一種在最重要時刻讓球迷狂喜或絕望的完美時間感，MJ也不例外。誰能忘記佐敦在第六場剩餘約二十秒，從卡爾馬龍手上搶走籃球，在羅素（Bryon Russell）面前 crossover，中距離射入奠定勝利入球？不論佐敦有否推開羅素，這個入球是總決賽歷史上最經典鏡頭之一，入球時他踏着的地板，也成了名人堂博物館的珍貴收藏。

▶ *AI Vs 湖人*

二〇〇一年NBA總決賽第一場，這比賽發生於二十年前，感覺上卻似咸豐年代那麼遠。離開九一一恐襲事件仍有三個月時間，智能手機仍未廣泛流行，朱克伯格仍是一位高中生，艾佛遜在這一年第一次，也是唯

一一次，當選常規賽最有價值球員。他帶領一班進攻能力非常普通，但防守能力絕不平凡，非常藍領風格的七星伴月陣容，出戰擁有奧尼爾及高比拜仁，並在頭三圈季後賽以十一戰全勝佳績闖進決賽的衛冕冠軍洛杉磯湖人。七六人普遍不被看好，但 AI 在該場比賽顯出 MVP 身價，砍下四十八分，打破湖人不敗之身。艾佛遜單在上半場已經射入三十分，積遜教練在下半場派出後備球員盧爾（Tyronn Lue）防禦 AI，此舉取得即時成效。球迷記得這場比賽大多因為在加時後段，艾佛遜在入球後跨過跌倒在地上的盧爾，但盧爾在該場防禦 AI 的表現是一流的。可惜，兩隊實力畢竟有距離，最終「黑天鵝」也沒有出現。這一次，是艾佛遜距離冠軍指環最近的一次。

▶ 含金量最高的三分球

二〇一三年 NBA 總決賽第六場，熱火對馬刺，是我印象中近十多年來最精彩的比賽之一。我記得熱火在第四節急起直追，比賽氣氛緊張，到了第四節最後大約二十秒，馬刺仍然領先三分，部分熱火球迷開始離場，現場工作人員也拿出黃色繩索準備比賽完畢後馬上攔住場外觀眾。馬刺教練樸普域治根據當時情況作出一個該

季經常做的調動：把鄧肯換走，擺出小球陣容收局，希望抗衡對手全射手陣容。但熱火的保殊（Chris Bosh）在最後一刻搶得進攻籃板球，然後雷亞倫在右方零角度位置射入三分球，令比賽進入加時。結果系列賽打足七場，熱火力挽狂瀾成功衛冕，雷亞倫那記入球可能是 NBA 總決賽歷史上含金量最高的三分球。

▶ 告別高比拜仁

二〇一六年四月十三日，是該季常規賽最後一日，當日有兩場重要比賽令 NBA 球迷感到難以選擇。先是金州勇士主場迎戰孟菲斯灰熊，如果勇士勝出，就會取得第七十三場勝利，刷新一九九五至九六年球季由公牛所保持的常規賽最多勝仗紀錄。在奧克蘭東南大約三百七十哩，一場對季後賽形勢毫無影響的例行賽事，卻同樣引來高度關注，擁有西岸最差成績的洛杉磯湖人主場迎戰同樣無緣季後賽的猶他爵士。這天是高比拜仁二十年 NBA 奮鬥生涯的終點。差不多剛好三年前，他撕裂亞基利斯筋腱，之後一直受傷患困擾，並在二〇一五年十一月下旬宣佈球季後退役，整個球季都有高比告別之旅的氛圍。史葛教練（Byron Scott）在球季最後數星期減少高比的上陣時間，也是希望高比可以保留

體力避免受傷，在最後一役發揮良好水準光榮引退。高比開局手風不太順，頭五次出手都射失，但隊友不斷把球交到他的手上，大家都明白觀眾除了來慶祝他偉大的球員生涯，也希望最後一次被高比時刻感動。在這奇妙的晚上，經典的高比重現史達普斯中心，上陣四十二分鐘，起手五十次，以全季最高的六十分為職業生涯光榮謝幕。

評述該場比賽時我感觸良多。高比的 NBA 生涯與我的評述員生涯幾乎重疊，我加入評述員行業，較他進入 NBA 早了兩年，感覺上是看着他成長，或更貼切地說，是我們一起成長。當日賽後他向現場觀眾說：「我不能相信二十年這麼快就過去了。」他道出了我的心聲；當日節目過程中縈繞在我腦海是同一句話，正如高比所說，"man, this is crazy."

高比說過就算有超能力能令時光倒流，他也不會使用這能力，因為會讓將會面對的經驗變得毫無意義。這種活在當下，努力做好面前每一項任務，成敗也要無悔的態度，是我欣賞他的地方。他的成功有部分來自上天的眷顧，但天賦條件出眾的球員在 NBA 內比比皆是；對爭取卓越有毫不妥協的堅定態度，不走捷徑，以時間及汗水一步一步地做得更好，聽起來似是老生常談，但

高比的例子充分證明，這是一條有效的方程式。

　　高比在直昇機意外中喪生是我評述員生涯裏感到最震驚及傷感的一天，那天早上除了盯着電腦及電視螢幕收集消息外，根本沒有心情做賽前準備或觀看比賽。當日的心情與知道 Beyond 的黃家駒意外離世後同樣難以置信及難過。

　　與大部分球迷一樣，我對高比的認識及印象源自觀看比賽及媒體報道，雖曾在奧運會及明星賽見過他，但從來沒有訪問過他。這二十幾年來高比在運動世界佔着最前方位置，不論是職業生涯或私人生活的起伏與發展，他的名字已成為球迷意識裏的恆常，他的突然離去喚起一種如失摯友的悲痛。不論是流星破空的曾經燦爛，或細水長流的悠然慢活，無論是哪一種生活模式，高比的一生讓人看見生命的寶貴及無盡可能，以及它的無常與脆弱。或許悲痛後會有更多人被高比的曼巴精神感動，以更積極豁達的態度面對人生，在自己的生命中劃出彩虹。

NBA 的過去與今天

我在九十年代公牛王朝兩次三連霸之間的空檔年加入評述員行業，剛好趕上由米高佐敦掀起的 NBA 熱潮；乘着巴塞羅拿奧運夢幻一隊的光芒，NBA 球星成為國際體壇的名人、搖滾巨星及產品大使，成為 NBA 籃球這個產品極速國際化的催化劑。九十年代的確是 NBA 的黃金年代，芝加哥公牛是這個年代的統治者，米高佐敦是這個年代的標誌性人物。

可能 MJ 的球王形象太深入民心，到了今天，我有時仍會在社交媒體看見資深球迷嘆息今天的 NBA 沒有九十年代那麼好看，其中最常看到的說法就是九十年代 NBA 籃球更有激情，防守力度及對抗性也更高。那個年代的確有很多激情澎湃，令人難以忘懷的比賽：紐約與邁阿密的季後賽對決，PJ 布朗（P.J. Brown）把華德（Charlie Ward）上下翻轉拋出場外，拉利莊遜（Larry Johnson）和莫寧互相出拳之際紐約教練謝夫雲根迪（Jeff Van Gundy）在地面緊抱莫寧雙腿，牙擦蘇米拿九秒內射入八分協助溜馬反勝紐約等等，到今天仍然為 NBA 球迷津津樂道。是否要有推撞或打架才

算有激情？這是球迷可以思考的問題，從我的角度，近代 NBA 也有無數激情澎湃的比賽，例如杜蘭特在二〇二一年東岸次圈季後賽對公鹿的神級表現，二〇一九年勇士對速龍的總決賽，騎士在總決賽克服一比三劣勢從而後來居上稱王等等，在我印象中，這些系列賽都是充滿激情。

▶ 比賽風格向進攻傾斜

MJ 在公牛第二次三連霸後宣佈退休，NBA 也差不多在這時候出現危機：觀眾對 NBA 比賽的興趣似乎有下滑跡象，常規賽的電視台收視率持續下跌，當時 NBA 經研究後得出結論，認為提高比賽節奏及得分，可以提高比賽的可觀性，希望藉以挽救收視率並吸引更多新球迷。在二〇〇四年 NBA 推出更嚴謹的禁止 hand-checking 條例後，比賽風格開始向進攻傾斜，外線球員有更大發揮空間，迪安東尼（D'Antoni）教練年代「七秒內出手」的太陽隊把這種打球風格推向高峰。

科技進步也對 NBA 比賽風格有深遠影響。每個 NBA 場館都有鏡頭把比賽裏每一個動作捕捉下來，數碼化並得出更仔細詳盡的數據，追求效能成為大趨勢，三分球對球隊爭勝的影響性越來越高，這也是大數據年

代的產物。其實追求最大效能及以大數據作為調整球隊風格／排陣／組班策略的走勢也正在影響北美職棒，越來越多棒球員嘗試在擊球時有更大的打擊角度（launch angle），目標是要爭取把棒球擊到空中，提高擊出全壘打的機會，減少打出滾地球，某程度上，棒球壇這種轉變和目前不少 NBA 球隊增加射三分球、減少中距離出手的策略相似。

▶ 八十二場常規賽是否太多？

上世紀九十年代與今天的 NBA 其實是兩種不同產物。九十年代的比賽對抗性更強，但節奏也慢很多，與佐敦年代比較，今天的球隊平均每場會多大約十五次控球權，加上更多針對性的防守策略，整體來説，我覺得現今的 NBA 球員有更佳的運動能力，對球員體能的要求絕不遜於九十年代。也有球迷覺得現今球員似乎欠缺上一代球員的熱情和拼搏精神，要知道「用量管理」（load management）這一詞在過去年代根本不存在，但今天的體育科學越來越先進，球員平均薪金也越來越高，我贊成球隊以現代科學知識為基礎，去調整或改善使用球員的方針，藉以保障球會的投資（我知道把球員形容為投資是一種去人性化做法，或許意識形態

不正確，但充分休息對球員的良好發揮及健康也非常重要）。與其抱怨今天的球員不夠敬業樂業，或對抗性不及上一代球員，大家可以思考一個問題：八十二場常規賽是否太多？這個牽涉到球員及聯盟收入的敏感課題大概不會有簡單的答案。今天社會，一般人的注意力越來越短暫，球迷也有數不完的娛樂選擇：如上網打機、串流電影等等，球迷有沒有時間及耐性每天看一場完整賽事？抑或有時看精華片段就當看了比賽？引入季後賽席位附加賽或季中盃賽這些概念是治標不治本的做法，如果同樣在大約六個月內完成七十至七十二場常規賽，每場比賽的重要性提高了，球員多了休息時間，是否會令產品更有吸引力？

1 十位 NBA 球員雜談

　　挑選所謂十佳球員是一個頗困難的任務，正如最近 NBA 宣佈史上最佳七十五人名單後引來不少爭議，每人心中都會有不同選擇，且帶有主觀眼光的標準；所以本篇只是喚作「雜談」，我的人選是一份包括我認為可觀性或話題性高，或我欣賞的球員名單（沒挑選 MJ、高比及艾佛遜是因為在書內其他章節已寫過），大部分都是球權較多，比較能影響比賽節奏以至球賽方向的球員。以下排名不分先後：

LeBron James ：
未能贏得廣大球迷歡心的球星

　　「大帝」勒邦占士這個名字進入 NBA 球迷腦海

已經接近二十年了。他在二〇〇三年選秀會加入 NBA，那是
聯盟歷史上最人才輩出的其中一屆，頭五位被選中的球員裏，
其中四位以後一定能進入或已經入選名人堂，分別是：狀元
占士，探花安東尼（Carmelo Anthony）、另外是第四及第
五位的保殊及韋迪（Dwyane Wade）。占士絕對是我評述生
涯所見，以最高姿態加入 NBA 的球員，媒體把他吹捧為一代
奇才，加冕為米高佐敦接班人，未穿起 NBA 球衣已經與體育
品牌簽下天文數字的贊助合約，ESPN 甚至轉播他的高中比
賽，我當時心想這位年青人應該很難滿足大家的期望。

　　接近二十年，拿下四隻冠軍指環之後，無論效力哪一隊，
占士都沒有辜負球迷的寄望：效力熱火四年內每屆都打進總
決賽並兩次奪冠；在二〇一六年為騎士奪得球會歷史上第一
次總冠軍，二〇二〇年協助湖人第十七次奪冠，追平塞爾特
人的 NBA 歷史記錄。有得天獨厚的體魄及成熟球風，基本上
由第一天開始占士已經是聯盟最佳十位球員之一，把 LBJ 視
為二〇一〇到二〇年這十年內聯盟第一人，應算是客觀合理
的看法。不過無論場內的成就如何卓越，在許多球迷眼
中，占士從未達到米高佐敦那種跨越界別廣受
歡迎的境界，我看過一些媒體的所謂調查，

占士常被視為 NBA 裏最為人厭惡的球員之一。

對 LBJ 形象第一個沉重打擊發生於二〇一〇年夏天那個「決定」。當年占士成為自由球員，動向自然極受關注，他的團隊與 ESPN 決定合作炮製一個名為 *The Decision* 的節目，在這一小時的直播節目中，占士宣佈他的簽約決定。可能球迷會想知道他的決定的背後想法，但節目的構思本身就是一種自我膨脹多此一舉的表現，是一場公關災難。過分刻意營造懸疑成為一個笨拙、煞有介事的的舉動，"I'm going to take my talents to South Beach"，這句話交代了簽約邁阿密熱火的意向，在騎士球迷眼裏變成被公開拋棄的恥辱，許多人在這一小時裏只感受到 LBJ 的自我與傲慢，也成為了他和許多球迷之間一道長久未能撫平的裂痕。

有部分球迷或對所謂「抱團」的僱傭兵心態不表欣賞，也有人不習慣運動員對社會現象有明確立場或發表言論，這些都是多年來許多球迷沒對占士 "warm up" 起來的原因。不過，當大家對他每一句

失言或每一個失誤作出批評時，也應該肯定占士許多不能抹殺的貢獻，包括通過占士家庭基金會在家鄉亞克朗興建學校，以及在美國其他社區的慈善活動等；我也從沒聽過他有任何關於家暴、毒品、酗酒，或生活不檢點的醜聞。或許歲月能沖走這些矛盾情緒，若純粹憑場內表現去論成就，占士絕對是聯盟歷史上最偉大的十數位球員之一，或許某天當占士退出球壇後，會有更多人願意以較客觀全面的角度去評價他在場內場外的貢獻。

Kevin Durant：最富爭議的轉會決定

　　把杜蘭特稱為 NBA 歷史上最偉大得分球員一定會惹來非議；若比較常規賽得分王次數，相信他無法追上米高佐敦十次的紀錄，離開雷霆之後與眾多得分能力超強的球員合作，在職業生涯顛峰時刻因為阿基里斯筋腱受傷缺陣一整季，這些對 KD 在 NBA 歷史得分榜的排名也一定有影響，但若把杜蘭特說成聯盟歷史上六呎十吋或

更高的球員裏，技術最全面，得分能力最強的一位，我相信會是更貼切的形容。從魔術手莊遜到高比拜仁，從艾佛遜到浪花兄弟等，無數 NBA 名宿或現役球員都把 KD 形容為聯盟內最難防禦的球員——擁有內線球員的身高以及外線球員的靈活和速度，不論在外投或單打獨鬥都有出類拔萃的技術和能力，是我評述員生涯裏見過得分能力及進攻技術最全面的「高佬」球員。

杜蘭特也是最近十年內，其中一單最震撼轉會消息的主角。在二〇一六年夏天，效力雷霆九個球季後，KD 宣佈轉投當時已經連續兩屆打入總決賽的金州勇士，與浪花兄弟組成一隊超級班霸球隊。老實說，當時我對 KD 的決定感到有點失望，我希望他會留在雷霆。雷霆及勇士在二〇一六年的西岸決賽是近年比較精彩的一個系列賽，若非卡里湯遜（Klay Thompson）在第六場射入十一個三分球（當時是季後賽單場紀錄），勇士未必能在落後一比三情況下後來居上晉級；沒有卡里湯遜大發神威，NBA 歷

史或許會改寫。當屆雷霆正選陣容除了 KD，還有韋斯布祿（Russell Westbrook），內線有伊伯卡（Serge Ibaka）及史提芬亞當斯（Steven Adams），外線有防守專家羅拔臣（Andre Roberson），陣容年青，運動力及防守力強，三分線火力當然比不上勇士，但絕對是有力問鼎總冠軍的球隊。

　　KD 決定加盟勇士，在坊間引來非常兩極化的反應。部份球迷以 "if you can't beat 'em, join 'em" 或「抱團」的説法去揶揄杜蘭特。他的決定的確把聯盟裏組織超級班霸的現象推至新高峰，突顯了大城市的優勢，而加盟剛剛打贏自己的球隊更彷彿是向雷霆球迷仍未癒合的傷口上灑鹽，但 KD 並無義務去做一個迎合大眾想法的決定。通過選秀會及薪金帽等機制，新加入 NBA 的球員無權選擇去哪一間球會效力（除非不獲球隊選中），工資也被規範在某一個範圍內，對於維持一個較公平的競爭環境，這些有違自由市場運作的機制是有需要的，但也已經是球員在職業生涯早期作出的妥協。KD 在二〇一六年第一次成為自由球員，終於可以掌握自己職業生涯的方向，無論在他人眼中，KD 做了一個好或壞的決定，這是他個人的決定，我不認同他的決定但我尊重他的決定。

Derrick Rose：平凡中的不平凡

　　隨着公牛王朝在一九九八年夏季解散，球隊成績在隨後六年跌至谷底，此前十年的光環蕩然無存，對於已被聯合中心星光熠熠環境所寵壞的公牛迷，這是一個難以接受的決定。「風之子」戴力路斯的出現，重新喚起芝加哥球迷的熱情。「玫瑰」以二〇〇八年選秀會的「狀元」身份加入公牛，不論管理階層或球迷都對他寄予厚望，期待他成為米高佐敦後第一位公牛隊明星球員。大家的期待絕對可以理解：他有強壯健碩的體魄，而且爆發力及速度兼備，並帶有侵略性的球風，除了當選最佳新人，後來也成為聯盟歷史上最年輕的最有價值球員；公牛隊的電視評述員常以「太強大、太強壯、太快、太勁」去形容路斯的精彩表現。在「鐵血教練」鐵保度（Tom Thibodeau）年代，與隊友諾亞（Joakim Noah）、鄧恩（Luol Deng）、泰吉遜（Taj Gibson）等組成風格立體而可觀性甚高的勁旅。

回顧路斯的職業生涯，「傷患乃球員最大敵人」這句老生常談總令美麗的景象被淡淡的唏噓圍繞着；本來充滿希望地邁向名人堂的職業軌跡，卻因為多次膝傷而脫軌，也像揮之不去的魅影影響他的精神健康，令他在職業生涯中段萌生下堂而去的念頭，未能貫徹地發揮自己的最大潛能，或許這是路斯職業生涯中最大的遺憾。

在球場外的路斯有低調、略帶害羞的性格。我效力 NowTV 時，有一年夏天我和同事丘雨勤在旺角一間體育用品店內訪問他，「玫瑰」態度友善，訪問他就像跟一位好朋友閒聊般輕鬆，他沒有政客拉票式那種一見如故的熱情，也沒有滔滔不絕高談闊論，雖然訪問過程不長，但路斯樸實的親和力令我留下深刻印象。或許「玫瑰」沒有強烈個性，但平凡中的不平凡，也許是許多球迷繼續支持路斯的原因之一。

Stephen Curry：三分球革命人物

我在九十年代中期加入評述員行列時，三分球對 NBA 比賽的影響力與今天不可同日而語，

以一九九六至九七年球季為例，當季平均每場射三分球最多的球員是亞特蘭大的布洛克（Mookie Blaylock），平均每場射七點七球，這個數字放在二○二○至二一球季，僅僅是排第十八位。熱火在一九九六年球季平均每場射大約二十三個三分球，那已經是聯盟第一；在二○二○至二一年球季，射三分球最少的球隊是馬刺，平均每場也超過二十八次。其實在九十年代也有不少實力強橫的外圍炮手，例如雷亞倫、「牙擦蘇」米拿、阿倫侯斯頓（Allan Houston）、杜爾艾利斯（Dale Ellis）、史杜積高域（Stojakovic）及奴域斯基等等，他們都是在九十年代或更早以前就加入 NBA，然而，若要選出近代三分球革命最具代表性的人物，史提芬居里肯定當之無愧。

沒有驚人的爆發力，天生一張娃娃臉放在不到二百磅的身軀上，「咖喱仔」沒有靈敏的速度或希臘神話人物般的壯健體格，在一些現役或退役球員眼中，居里實在沒有 NBA 球員的賣相。他在這席捲 NBA 的三分球浪潮中所扮演的角色，或許令一

些抗拒改變的人感到不爽，事實上在任何領域，改變現狀的人通常都會招來攻擊。居里的三分球能力把小球陣容威力推向新高峰，協助勇士成為在二〇一〇到二〇這十年內，聯盟內最具標誌性的球隊之一；和上一代的三分射手比較，居里質量兼備，我認為他是 NBA 歷史上最偉大的三分球射手，也是我最欣賞的現役球員。

其實居里絕不單是一位超級射手這麼簡單，他的運球技巧及籃底完成能力也屬頂尖水平，無球跑動意識及無私的比賽態度，與卡爾教練（Steve Kerr）的機動進攻體系是天作之合，而且不斷挑戰三分球距離的極限。溫文友善的形象也是他深受球迷愛戴的原因，在今天的 NBA，他是三分射手的黃金典範，品牌大使不作他人之想。

Russell Westbrook：
從不抽離角色的球員

韋斯布祿可能是聯盟內最能引起球迷兩極化反應的球員。支持者喜歡他的拼勁，對爭取勝利的堅持

執着，「韋少」恍如控衛界的法拉利跑車，硬件一流，爆發力、速度及體格兼備，把控衛的職能重新定義；在二〇一四至一五年球季開始，他的「大三元」數據開始受人注意，杜蘭特離開雷霆後，他連續三季的賽季成績都有大三元，暫時在職業生涯中已經有四次大三元球季（即全季場均的得分、籃板、助攻俱達雙位數），不消七八年，已經改寫了奧斯卡羅拔臣保持了四十七年的職業生涯大三元總次數紀錄。

批評者會指出這部跑車雖然性能優越，但常因為軟件問題出現「炒車」，在關鍵時刻的傳球失誤或起手決定常為人詬病，持球跑動速度屬於精英級，但籃底完成能力卻非常普通，在半場陣地戰中三分球能力欠佳，讓對手可以收窄防線，在最近四五年內，罰球命中率也莫名其妙地大幅下滑。

在二〇一六年多倫多明星賽的傳媒採訪日，我曾經有機會向韋斯布祿提出問題，當時已經站在他桌前位置，附近有其他記者提問，韋少板着臉孔，用冷漠的語氣，以不超過八至十個字回答每一條問

題，他與記者之間只有大約四呎的距離，但感覺上似是四萬呎的鴻溝。我停留一會後決定離開，放棄提問，因為氣氛實在有點奇怪；我從網上報道早已知道他是一個棘手的採訪對象，現場觀察後覺得這些報道沒有誇大。

其實我也欣賞韋少的拼勁，我相信大部分記者也不會期待球員每天笑臉迎人，我在採訪現場也聽過一些比較低級、無聊或重複的問題，但韋少似一位從不抽離角色的演員，球員是否有義務提供「好」的答案見仁見智，然而真的有必要經常掛着 Game Face，把比賽期間的對抗性帶到採訪嗎？

Kyrie Irving：令人摸不着頭腦的球場藝術家

基利艾榮也是近年常引起球迷兩極化反應的球員之一。與韋斯布祿不同的地方在於，艾榮常因為一些球場外的古怪言論或行為而令人摸不着頭腦。效力波士頓的時候就曾發表認為地球表面可能是平面，而不是球面的言論；也曾在球場內仿傚一些美國原居民的燒香儀

式；在二〇二一年一月六日，當一群示威者衝擊美國國會大廈，艾榮在那天以個人理由離開球隊，當時有記者估計他可能受社會事件影響了情緒，但離隊期間卻被人發現沒戴口罩在夜總會為家人慶祝生日。另一方面，艾榮一向對社會時事敏感度非常高，願意幫助有需要人士，例如買了一套樓房，送給二〇二〇年在明尼蘇達州警察暴力事件中死亡的佐治佛洛伊德的家人，又向新冠疫情期間選擇不參加比賽的女子 NBA 球員提供經濟援助等等，這些都是樂善好施的仗義表現，值得嘉許，但這類仁義舉動有時因為與眾不同的言行導致被忽略。

艾榮曾經形容自己為球場內的藝術家，聽起來有點自吹自擂但我覺得並不誇張，控球技術及籃底完成能力均出類拔萃，二〇一六年 NBA 總決賽第七場末段射入奠定勝利入球也証明了他在關鍵時刻的心理質素。二〇二一至二二年球季前，艾榮對新冠疫苗的立場令他再次成為焦點人物，紐約市政府規定所有人（效力紐約市境外球隊的球員可獲豁免）

必須至少打了一針疫苗才能進入室內場館，拒絕接種疫苗的艾榮變相不能在紐約市內的兩個 NBA 場館比賽，籃網管理階層也決定不允許艾榮參加客場比賽，直至他完成接種疫苗為止。

艾榮表示自己並非反疫苗人士，但無論有多少來自醫學界的數據或研究證明疫苗可以安全及有效地減低發生重症機會，艾榮似乎仍然堅持對自己感覺忠心不二；某程度上，在世界許多地方，接受或抗拒疫苗已經成為一種意識形態鬥爭，以至個人權利與團體利益的角力。我認同籃網管理階層的處理手法，既然 NBA 沒有強迫所有球員必須注射疫苗，拒絕接種是他的個人自由，但球隊也有權利及義務從保障團體利益的角度去制訂策略，正如籃網班主蔡崇信所說，「接種疫苗除了保護自己也保護他人，是社會責任的一部分。」

部分拒絕疫苗人士的決定或許來自對公共醫療體系的不信任，坊間有不少書籍，例如 Harriet A. Washington 的著作 *Medical Apartheid*，都記載了美國歷史上不少未得同意或沒有告知實情下，對黑人族群進行的醫療實

驗，包括惡名昭著的塔斯基吉梅毒實驗；或許正是這原因，美國許多州份中，黑人族群的疫苗接種率仍落後於人口比例。我不知道艾榮的立場是否有部份衍生自這種歷史因素，但新冠肺炎是全人類面對健康的新挑戰，與美國歷史上一些醫療惡行並無關係，要盡快戰勝疫情，需要大家放下成見及陰謀論眼光，作為關心社會及自己族群利益的社會一份子，艾榮應該重新審視對新冠疫苗的看法，以科學的眼光作出對自己、家人及社會負責任的決定。

Damian Lillard：絕殺對手的大心臟

利拿特在二〇一二年秋季加入 NBA 時，拓荒者還是一支成績平庸的二線球隊，雖然該屆他當選最佳新人，我對他卻沒太深刻印象。球迷第一次見證他的「大心臟」表現是二〇一四年第一圈季後賽，對手是火箭隊，在第六場末段，他的三分絕殺結束了該系列賽，令拓荒者十四年來第一次在季後

賽晉級。五年後的第一圈季後賽，對着雷霆隊，他從大約三十七呎的距離，再次以三分球絕殺結束系列賽，歷史上只有米高佐敦及利拿特有兩次絕殺系列賽的入球。

在講求得分效能的大數據年代，NBA 球員射三分球次數越來越多已是不變的事實，在二○一一年球季，賴恩安達臣（Ryan Anderson）每場平均射出大約七個三分球已經是聯盟榜首，在今天的 NBA，他可能排在三十名之外。除了愈射愈多，有些球員也愈射愈遠，史提芬居里及利拿特可算是聯盟內擁有最遠射程的代表，「咖喱」的遠程命中率比利拿特優勝，但他倆似乎每季都對甚麼是良好合理出手作重新定義，"Logo Lillard" 這外號是一個貼切的形容。

利拿特或許不會成為一位精英級防守球員，但除了三分球能力，他還是有許多優點：他甚少因為受傷而長時間缺陣，抗壓力強，在季後賽常有讓人津津樂道的 "Dame Time"，暫時季後賽歷史上球員單場射入最多三分球的紀錄（12 球）由他保持；加入 NBA 後他在多方面都取得進步，包括籃下完成能力、組織及管理比賽能力，多年來拓荒者有良好的更衣室氛圍，與利拿特的領袖能

力和個人魅力都有直接關係，是一位我越來越欣賞
的球員。

 Jason Kidd：神奇小子的蛻變

「神奇小子」傑特和我一樣，與 NBA 的緣份在
一九九四至九五年球季開始，我沒問過「八哥」簡
而清為何給予傑特這外號，只知道這是對初出道的
傑特最貼切不過的形容。在控衛中，六呎四吋的傑
特擁有強壯體魄，速度快，防守能力及對抗性強，
球場內視野廣闊，在魔術手莊遜之後及韋斯布祿出
現之前（我沒看過奧斯卡羅拔臣的現場比賽），傑
特是當代搶籃板球能力最強的控衛，可以算是早期
的大三元機器。

職業生涯早期效力達拉斯及鳳凰城時，已經是
聯盟內最具可觀性的球員之一，但令我印象最深刻
是效力新澤西籃網的年份。上世紀八十年代我住在
紐約市的時候，有時候都會在電視上看到籃網隊的

比賽。基地在紐約旁邊的新澤西州，好歹也能沾紐約市場一點光吧？但從紐約市內傳媒的報道篇幅就不難發覺，其實大部分紐約球迷並不在乎籃網隊，球場位置對住在紐約市的球迷也不方便，雖然有「朱古力雷霆」杜堅斯（Darryl Dawkins）及畢威廉士（Buck Williams）等有實力球員，後來在九十年初期也有戴力高文（Derrick Coleman）及柏祖域（Drazen Petrovic）等知名球員，但籃網沒有建立一個更大的觀眾群，電視上常看到觀眾席人煙稀少。

傑特的加盟一夜間改變了球隊命運。從二千至〇一年球季僅得二十六場勝利，籃網隊在傑特加盟後的第一季勝利場數即倍增至五十二場，而且連續兩屆打入 NBA 總決賽，雖然未竟全功，但該兩季陣容有堅仁馬田（Kenyon Martin）、謝佛遜（Richard Jefferson）、傑圖斯（Kerry Kittles）等年青球員，是一個充滿活力、觀賞性高的陣容組合，未能至少有一次成為常規賽 MVP，我是替傑特感到有點可惜的。

其實傑特加盟籃網後已經比以前起手射更多三分球，離開籃網後重投達拉斯，球權少了，這個射三分球的轉變更為明顯。職業生涯早段曾有人叫他做

"Ason"，嘲諷他的名字沒有"J"，意即沒有 Jump Shot，跳射能力弱；然而，直到二〇一三年退役時，他射入的三分球數字當時在 NBA 歷史上排名第三。十九年的比賽生涯裏，他的風格由神奇小子到大三元機器到三分射手，傑特的蛻變源自他的適應能力、韌力及不懈努力，他在不同階段，稱職地在不同崗位擔起重要角色，是我最欣賞的球員之一。

 *Dirk Nowitzki*：外投能力最強的七呎高佬

上世紀八十年代早期開始看 NBA 的時候，「三分球大前鋒」（Stretch 4）這個概念根本不存在。聯盟在一九七九至八〇年引入三分球條例時，我還記得聽過電視評述員說，除非進攻時間快完被迫要出手，高佬還是不要走到外線射三分球，因為他應該利用高度優勢攻入內線，距離愈近命中率愈高。如果硬要找一個八十年代的 Stretch 4 代表，人選

可能是張伯斯（Tom Chambers），不過住在紐約的我較少看到西雅圖超音速的比賽，印象不算太深刻。如果以今天的標準，六呎九吋的小鳥布特絕對可以勝任 Stretch 4 的角色，但在塞爾特人陣容裏，有麥希路 (Kevin McHale) 及「酋長」巴利殊 (Robert Parish) 為拍檔，布特只算是一位小前鋒。

到了九十年代初期，印象較為深刻的高佬射手是拓荒者的奇里福羅賓遜（Clifford Robinson）。然而，在一九九八至九九年球季加入達拉斯獨行俠（當時中文名字翻譯為小牛或小馬），整整二十一個球季均效力該隊（NBA紀錄），外號「德國槍」的七呎大前鋒奴域斯基，卻是真正改變了球迷對四號位球員的看法，把他形容為革命性先鋒並不過分。

Dirk 還未出現前，在大部分球迷腦海裏，一位傳統型大前鋒都有以下特質：粗獷健碩、對抗性強，活動範圍在中距離至籃底，典型例子包括「董事長」渥利（Charles Oakley）、「郵差」卡爾馬龍、馬漢（Rick Mahorn）、「變色龍」洛文等等，不少都是

惡形惡相的粗漢子。奴域斯基的外形和風格都與傳統看法格格不入，但他的外投能力讓大家看見一種新的可能——原來四號位球員也可以擁有如後衛一樣的射程及技術，引領球迷逐步跳出傳統觀念，不再受限於對個別位置功能那種墨守成規的框架，我覺得這是「司機」對 NBA 最大的貢獻。在我印象中，他是第一位歐洲球員在 NBA 球隊陣容中擁有軸心地位，金雞獨立仰後跳射成了他的標誌，是 NBA 歷史上最偉大的歐洲球員，也是外投能力最強的七呎「高佬」。

Steve Nash：
揭開「現代化」籃球年代序幕

一九九六年選秀會，與一九八四、八五及二〇〇三年這幾屆同樣是 NBA 歷史上出現最多名人堂級數球員的選秀會，除了狀元艾佛遜、雷亞倫、高中生風頭蓋高比拜仁，還有來自加拿大，效力名

氣不大的聖達卡拉大學的拿殊，他以順位第十五名被鳳凰城選中；當年太陽才在季中羅致了外號「神奇小子」的傑特，拿殊在兩年後加盟達拉斯，與同樣是初來報到的奴域斯基組成一對可觀性甚高的得分組合。

獨行俠班主馬克古賓（Mark Cuban）不止一次表示過，作為班主的生涯中犯下最大的錯誤就是在二○○四年讓拿殊離開，可能他覺得拿殊不值六年、六千五百萬元的合約，也可能覺得拿殊有極大的傷患隱憂。二○○四年夏季 NBA 推出禁止 hand-checking 的決定後，曾經過度向防守傾斜的比賽風格開始轉變，外線球員有更大的活動自由，比賽節奏更明快。拿殊再次加盟太陽，與一向主張加快進攻節奏，強調三分球及擋拆戰術的迪安東尼教練合作，為「現代化」籃球年代揭開序幕；七秒內出手的太陽隊是我眼中的 "must-see TV"。拿殊是這種戰術的執行者，也是球場內的藝術家，把迪帥腦海裏的美麗景象淋漓盡致地呈現在球迷眼前。

拿殊在二○○五及○六年連續兩屆當選常規賽最有價值球員，有人覺得這是近代較具爭議性的

結果，奧尼爾曾半開玩笑地說拿殊「偷走」了他的其中一個 MVP 獎座。這種想法也可理解：防守力及對抗性較弱的拿殊不能算是一位全面型球員，沒有打遊戲機式的超級數據，也有人覺得他是迪安東尼體系及 NBA 改變規則後的最大受益者之一。然而，我喜歡他無私的球風，廣闊視野及妙絕傳球為太陽隊的比賽注入極高可觀性；在歷史助攻榜排名第四，有時候我覺得拿殊是過分地無私，其實他的外投能力非常優異，曾經四次在全季有 50-40-90 的成績（投射命中率至少五成、三分球命中率至少四成、罰球命中率至少九成），他的職業生涯三分球命中率接近四成三，比雷亞倫及米拿還要高！如果有更進取的出手態度，他在二〇〇四至〇八年期間其中數季，應有機會達到場均至少二十分的數據。把團體利益置於個人目標之上，黃金時代的拿殊和太陽隊對日後 NBA 的風格有深遠影響，入選名人堂是對他職業生涯的貢獻的一個最大肯定。

第三部分

奥運風雲

1996：亞特蘭大奧運 (一)

二十多年的評述員生涯裏當然有不少有趣經歷，但流水作業式的平淡時刻其實佔更多時間；細水長流的職業生涯反映我與這行業的緣份，也慶幸有機會見證世界體壇歷史中一些難忘時刻，為我傳媒生涯中注入一份激情。亞洲電視是我評述員生涯的起步點，由一九九四年底開始，我一共擔任了四季《NBA 地帶》節目主持；但在我的亞視回憶裏，採訪奧運會的點滴常佔據着最前方位置，每一段奧運的記憶，都給我愜意充實的感覺。

一九九六年亞特蘭大奧運是我第一次參與奧運會現場採訪工作。大概在一九九五年底，當時我已經搬到新加坡在 ESPN 上班，有一天《NBA 地帶》節目錄製完畢後，體育部高級副總裁林尚明召見我。我戰戰兢兢地踏進一個面積不到一百呎，與他職位完全不匹配的辦公室，他一邊徐徐地把煙草塞進煙斗，一邊打量着我。

「我想派你到亞特蘭大擔任記者工作。」

我已忘記有沒有嘗試掩飾恨之不得的心情。林總當

然清楚他的決定帶點冒險，但他向我解釋這決定的理由。在過往奧運會的電視製作，不論是亞洲電視或無綫電視，報道焦點多放在中國運動員。亞視被視為弱台，資源肯定鬥不過無綫，加上香港電視市場向有慣性收視的現象，這一切都讓亞視處於被動位置。無綫電視的優勢在於製作團隊資源豐富，有更多著名的明星及歌星，更有利採取綜藝形式的製作方向。亞視的應對方針是要強調團隊的專業性，再加上一個利基市場戰略（niche strategy）：除了中國和香港運動員，也要採訪非華裔運動員，令製作更全面、更立體，而我就是實行這戰略的棋子。

▶ 首次訪問，敗興而回

　　以前我從來沒有去過這個美國南部商業樞紐，腦海裏只有她是可口可樂及有線電視新聞網（CNN）的總部所在地的一些平面印象。出發前所有預備功課都是關於非華裔運動員；抵達後不消幾天就發現，在資源較少的情況下，哪裏有需要就要到哪裏幫忙，齊心協力是打勝仗的唯一途徑。入行後第一個戶外採訪任務：中國奧運團隊。部分中國運動員正在辦理入住選手村手續，並等候入村儀式，由於運動員人數太多，我被臨時派到現場幫忙做採訪。當時沒有任何指定目標，也根本認不出大部分在

場運動員，我只希望隨便找到幾個肯接受訪問，問一些綜合問題，然後讓香港體育部或新聞部同事決定該些訪問是否適用。當天現場我唯一能馬上認出的運動員是女籃的鄭海霞，當我鎖定目標並逐漸逼近，離開勝利只有大約十呎的時候，一場驚天海嘯突然以迅雷不及掩耳的速度撲向我，一把粗獷聲音以震懾的語氣向我咆哮：

「你別過來！我不會接受你的訪問！」

我同時感到沮喪、震驚、懊惱、困惑及尷尬，目睹這女巨人昂首闊步地遠離，我只能收拾心情去找尋下一個獵物。

外出採訪隊通常是一個三人組合：記者、攝影師和收音師。如果記者是一位藝人，那麼可能還有一位資料搜集同事跟隨着。使用的工具是類似 Sony Betacam 的攝影機，所有攝影機必須預先向奧運主辦單位登記，並獲得批准標籤，沒標籤的攝影機不能在奧運期間使用，所以攝影師會用金庫護衛員的心態去守護攝影機。外出採訪是一項全天候，非常體力化的任務，攝影機連電池重約二十磅，還有三腳架、電線、咪高峰等工具。如果在室內做採訪，有指定的混合採訪區，並有充裕時間擺放器材，那當然最理想不過；但現實中許多採訪都在戶外進行，採訪對象邊走路邊說話，或在非常緊迫、擠擁，以至先到先得的環境下進行，若看見採訪對象在

遠方出現，採訪隊需極速收拾工具，然後直奔目標，與無牌小販「走鬼」時的敏捷程度不遑多讓。戶外攝影師是一個我非常尊重的行業，背起二十磅的攝影機跑來跑去已經不容易，在人群中拍攝時，有時為了取得最佳角度，更要用手把攝影機舉至比人頭更高或其他尷尬的位置，並長時間維持於穩定狀態。許多攝影師也有剪接員的觸覺，能在身處環境中準確判斷有哪些現場環境細節可用作輔助畫面（b-roll），為故事主軸線提供不同畫面角度選擇，令故事更生動豐富。

被鄭海霞拒絕訪問並非當日最不愉快經驗。她的反應是少數例外，其實絕大部分中國運動員都相當友善，當天我也成功做到另外一些訪問，但過程中也首次領略到香港傳媒與外國傳媒文化上的差異，具體地説，是首次領教其他電視台在外採訪的「作案手法」及「友善態度」，對我來説是一個頗大的文化衝擊。去亞特蘭大前，我曾天真地以為現場採訪工作是大家各有各做，抵達後才知道不是經常會有單對單的訪問機會，有時候是電視及文字傳媒一起圍着運動員，同時間搶着發問。開始時候我有點不習慣，總覺得該要有一種不成文的禮儀，後來攝影師輕輕推我的肩膀，並説：「有甚麼問題盡快問，怠慢了就可能喪失機會！」 這是我以後每次採訪奧運都銘記於心的忠告。

電視台的惡性競爭

當天被交通狀況延誤了時間，抵達現場後發覺大部分傳媒都已經完成工作，在選手村外遊走的運動員也不太多，幾經辛苦下終於找到一位中國運動員願意聊幾句。我非常開心終於發市，但在我視線內大約五十呎的範圍，我看到有一個男人持續地鐘擺式踱步，左至右，右至左，一直出現在運動員身後，以及亞視的鏡頭內。那男人是某位資深體育主持。訪問完畢後攝影師馬上說：

「這個訪問香港方面應該不會用。」

「為甚麼？」

「有人在鏡頭內走來走去，畫面『劃花』了。」

我人生第一個成功的奧運訪問，竟然有可能是白做，心情難免有點鬱悶，但很快就忘記了。雖然這位路人的行走路線較為奇特，但這也是他的權利，在任何戶外地方做訪問都可能有路人進入鏡頭。不久後在廣場的另一端，我正準備和另一位運動員做訪問，突然看見那位資深主持拿着「接力棒」朝着我的方向狂奔——這畫面一直留在我的回憶裏，《烈火戰車》（*Chariots of Fire*）的片段及 Vangelis 的音樂總會隨着這段記憶湧現。

那支「接力棒」其實是掛着台徽的米高峰及捲起了的電線。我估計他的採訪隊早已完成工作，因為方圓十

里內看不見他攝影師同事的身影，他的收音師同事則坐在遠方一角抽煙，那資深主持從收音師手上拿到米高峰後就跑到我身邊，然後把米高峰放進亞視的鏡頭內，兩台的台徽牌緊貼地並列着。我是認真地想做好一個訪問，而對方彷彿是認真地想破壞我的訪問。我有一種赤裸裸地被侵犯的感覺。

我嘗試壓抑怒火，在運動員面前保持笑容，訪問完畢後該主持頭也不回地施施然離去。收音同事搖着頭閉着唇，帶着苦笑把電線捲起。我和攝影師同事四目相投，那種難以置信的眼神彷彿傳達了光天白日下在尖沙嘴鬧市被強搶的感覺。

那天回到國際轉播中心後，我看見記者王艷娜（她也是我在《NBA 地帶》的拍檔）氣沖沖的，滿臉通紅地和其他同事說話，我好奇地走近想知道發生了甚麼事，翻看錄影帶後恍然大悟：原來當天艷娜和我有相似經驗。在選手村附近，艷娜與另一位資深女主持同時在訪問一位中國代表團官員（我忘記了是團長伍紹祖還是副團長袁偉民），該官員並非站着接受訪問，而是一邊走路一邊說話，這對當時的電視採訪隊是一項嚴峻挑戰：記者要把米高峰放在被訪者面前但又不能碰及面部，爭取發問機會及聆聽答案之餘也不想插在攝影機後的長長電線絆到任何人；攝影師舉着笨重的攝影機，收

音師拿着電線，一邊拍攝一邊跟着移動的被訪者，並同時要留意路面情況，混亂情況可想而知。當日亞視及另一電視台的採訪隊各佔被訪者一邊，採訪期間該資深女主持多次嘗試把米高峰上的台徽牌壓在亞視的台徽牌上，這是一個極端愚蠢、幼稚及自私的舉動，兩個塑膠製造的台徽牌出現碰撞，一定會影響收音質素，難道要在被訪者面前不到一呎的距離來一場米高峰劍擊比賽？

選手村外一役之後，我回到原來工作崗位，往後甚少碰到另一電視台的採訪隊，因為採訪非華裔運動員並不在他們的戰略部署內。（亞特蘭大後，鄰台也仿效亞視的策略，在二千年悉尼奧運派出李綺虹、二〇〇四年派出葉璇到雅典，兩位選美出身的藝人都能操流利英語，以加強對非華裔運動員的採訪。）

上述經歷，令初次上陣的我很快意識到，原來在奧運會做現場訪問，必須有這種冷戰時代的零和遊戲思維——做好自己本份並不足夠，還要令同行對手難以做好本份，這樣才算成功。我討厭這種思維但慶幸在第一天採訪就有此經驗，讓我看清楚電視台之間的競爭文化；我不再對互相尊重這些理念有任何幻想。從那一刻開始，我告訴自己我一定奉陪到底。I'll be ready. It's war.

1996：
亞特蘭大奧運（二）

亞特蘭大奧運會在香港人心目中，永遠佔着一個不能代替的重要地位。誰能忘記李麗珊為香港團隊奪得歷史上首面奧運金牌的激動時刻？當年採訪中國及香港運動員的任務主要由「顧老闆」顧紀筠、《NBA地帶》主持人之一王艷娜，以及另一位女記者「阿綿」負責。顧紀筠是李麗珊奪金後首位訪問她的電視台記者。

　　在智能手機年代入行的記者，或許難以想像四分一世紀之前，在現場採訪的環境及需要面對的難題。每一個奧運主辦單位都一定會有內部資料系統，向來自世界各地傳媒提供所有運動員的背景資料及過往比賽成績，亞特蘭大也不例外，問題是，亞特蘭大的系統要到了比賽的第十三天才成功運作！亞視的記者同事唯有靠香港體育部同事每天把需要的資料傳真到美國，也會嘗試在網上尋找一些背景資料──不過在一九九六年的時候，網站數量遠少過今天，並以撥號連線方式上網，速度慢得驚人。也因為財政或其他原因，許多拍好了的訪問都

沒有即時傳回香港，未能見街。

▶ 夢幻三隊的光芒

採訪美國男子籃球隊「夢幻三隊」是我非常期待的任務。如果巴塞羅拿的夢幻一隊是披頭四，亞特蘭大的夢幻三隊也應該至少有滾石樂隊的光芒。縱然沒有米高佐敦、魔術手莊遜、布特等充滿魅力的超級球星，但夢幻三隊卻有 Penny 夏達威、「夢幻人」奧拉祖雲、「牙擦蘇」米拿，以至格蘭希爾及奧尼爾等新血加入，其中奧尼爾的動向最令球迷關注。奧尼爾和夏達威這一對魔術隊的內外年青組合擁有無窮潛力，一九九五年打入NBA 總決賽，一九九六年也打進東岸決賽，但一直有報道指奧尼爾與夏達威及教練白賴仁希爾（Brian Hill）存在不和，一九九六年夏天，奧尼爾成為自由球員，籃球傳媒期待奧運期間會有重磅炸彈的消息。

夢幻三隊抵達亞特蘭大後，美國籃協安排了一場記者會，可能預期會有極多傳媒出席，活動安排在一間戲院內舉行。我抵達現場時，中間最前方的大約十排坐位已經全部被佔據，被兩旁的三腳架樹林包圍着。既然無法拍攝，我唯有坐下等待記者會開始。環顧四周，幾乎

每一位記者都與附近的人交頭接耳，隔不了多久就聽到 "Shaq" 這字，空氣中瀰漫着熱切的期待。球員的腳步聲把記者的視線重新聚焦在台上的長桌。其實在記者會開始前數小時，湖人已經宣佈與奧尼爾簽下七年合約，我永不會忘記奧尼爾現身台上時那種洋洋得意的自信，與夏達威低着頭、板着臉、悶悶不樂的表情，構成鮮明對比。

七月二十七日凌晨大約一點二十分，位於亞特蘭大市中心的百年奧林匹克公園發生恐怖爆炸事件，最終導致兩人死亡。亞特蘭大與香港時差有十二小時，通常比賽在午夜前會完結，但會有同事留下為香港新聞部提供午間新聞故事或其他資料，較遲才離開。那天我和其他同事在午夜十二點半後才分乘兩部車離開國際轉播中心。當汽車駛經奧林匹克公園後大約兩至三分鐘，有同事收到電話獲知此爆炸事件的消息，當時大家都不知道現場情況如何，林總馬上作出決定：距離公園較近，載着阿綿那部車立即掉頭，駛去公園調查情況。該晚阿綿通宵工作，後來回到國際轉播中心與香港新聞部連線，相信那是她傳媒生涯裏其中最難忘的一天。

現場採訪記者每天的基本流程如下：採訪隊去到比賽現場，我負責鎖定運動員目標並進行訪問（不一定能

做到訪問），攝影師拍攝訪問過程及其他輔助畫面，我在鏡頭前用大約三十秒或更短時間，總結比賽結果或講述其他要點（行內俗稱「扒」，讓觀眾看見記者廬山真面目），現場任務結束後返回國際轉播中心把這些「原材料」交給剪接編輯同事，並簡單討論故事方向。當編輯同事把原材料變成一個畫面有連貫性的故事後，我為這故事寫稿並錄音，全部工序完成後才算大功告成。

▶ 最心痛的訪問

完成一個故事不代表這故事一定會播出，香港同事會決定這故事能否或甚麼時候見街。有時候可能因為時間性或其他方面的考量而放棄使用，記者不會獲通知。在華人社會裏，報道華裔運動員的故事佔較大比重絕對可以理解，我有一些關於非華裔運動員的故事或訪問沒有出街，這是我在亞特蘭大的經驗裏難免感到沮喪的事情，例子包括與穆杜娜（Maria Mutola）進行的訪問。

穆杜娜是來自莫桑比克的女子八百米田徑運動員。在亞特蘭大被視為金牌大熱門，是歷史上最偉大的女子八百米運動員之一。她在該屆大熱倒灶，敗給俄羅斯對手馬斯達高娃（Svetlana Masterkova），僅獲銅牌。

賽後我在混合採訪區看見她孤獨的身影，身邊沒有任何記者，雙手放在大腿上，彎着腰，似乎對賽果未能釋懷。我用簡單、同情、放輕的語氣問她，"Maria, what happened?" 我完全沒有期待她會淚流滿面地向我解釋跑輸的原因：她被兩位俄羅斯對手策略性地迫在內檔，未能在早段主動控制比賽節奏，到最後二百米抽身到外檔發力時已是為時已晚。穆杜娜在一個陌生人面前毫無保留地表露當時心中的痛苦、失望和後悔，她的真情流露令我動容，這是我在亞特蘭大最難忘也是最心痛的訪問。

讀者可點擊此的 QR Code重溫該場比賽。

　　亞特蘭大的經驗讓我充分體會到，效力亞視的人員需要有一種 survivor 的心態，我的意思並非指在災難中倖存的生還者。在資源不及對手的環境下要突圍而出，管理人員在決定每天採訪甚麼項目時必須要有精準的判斷及押注（當然會有些幸運成份）；外出採訪隊要不怕辛苦、肯捱，盡量做好預備，行動有高度機動性；後勤隊伍能迅速地把採訪「原材料」變成完整故事，大家要齊心協力才能以較少資源做到對手所做到的，情況猶如 NBA 裏一些小市場球隊，如聖安東尼奧馬刺或奧克拉荷馬雷霆等，必須有效管理班費，不論在自由市場

簽球員或在選秀會選秀，眼光一定要準，有良好培訓計劃，才能與不計較付豪華稅，有更大收入來源，來自東西兩岸一些大城市球隊比拼。馬刺、雷霆及亞視，在自己所處的環境裏，都是 survivor。

跟「顧老闆」顧紀筠合照於亞特蘭大奧運的開幕式（還是閉幕式？我也忘記了）。

2000：悉尼奧運

奧運現場採訪是一項非常疲累，但不論在職業或精神層次上，是很有收獲及值得體驗的經驗，相比之下，在新加坡 ESPN 做評述工作猶如在半島酒店飲下午茶一般輕鬆（我知道把這種兩性質不盡一樣的工作來做比較是有點不公平）。離開《NBA 地帶》後，我和亞視一直保持聯絡及良好關係，當二〇〇〇年體育部問我是否有興趣再去奧運現場做採訪，我毫不猶豫就答應。

可能已經沒有任何第一次經驗那種睜大眼睛到處都是奇景的新鮮感覺，與亞特蘭大比較，我對悉尼這一屆奧運的印象較為模糊，採訪經驗也較為平淡，較深刻印象包括在開幕式看到澳洲原居民田徑運動員費曼（Cathy Freeman）燃點奧運聖火；在閉幕禮最後一刻全場觀眾與 Slim Dusty 合唱 *Waltzing Matilda*，帶給我毛管直立的感動；在街上或場館內，擔任志願

工作人員的澳洲民眾，那種熱情友善及非常樂於助人的態度讓我感到賓至如歸。

▶ 熟悉採訪場地，打好關係

除了如常盡量做好資料搜集，從悉尼開始，我也對如何在不同的現場環境爭取做到訪問這課題，作出一些策略性部署。在所有奧運比賽場地，主辦單位都會劃出混合採訪區（mixed zone），作為傳媒採訪運動員的區域。混合採訪區有兩種：收費和免費。位置最方便或最接近比賽場地一定是收費採訪區，如欲進入，轉播機構需要在奧運開始前預先申請（少數情況下也可在奧運期間提交申請），主辦單位會在收費採訪區內用膠紙貼在地上，劃出屬於每個已付費的轉播機構的專屬區域，理論上，記者只能在自己機構的指定範圍內工作，劃出範圍的有效期覆蓋整個奧運會。如果以六片木地板為一格作為量度單位，一個典型的收費採訪區面積大約是兩格乘四格（不同場地大小會有分別），並有欄杆隔開傳媒及運動員。運動員在比賽後進入休息區之前，一定會經過收費採訪區，記者可以在這時候邀請運動員停下做訪問，運動員是否願意則另計。免費採訪區沒有劃分任

何機構的專屬區域，屬於先到先得，運動員也不一定會在這裏出現，印象中多數是文字傳媒工作的地方。我在奧運期間的採訪，絕大部分都在收費採訪區進行的。

第一次去到任何場館，我的首要任務就是視察收費採訪區附近環境，評估亞視專屬採訪區所在處的優點和缺點，清楚知道運動員離場的路線及哪裏有「翻兜」的訪問機會，並與攝影師商量採訪時的站位角度。我也確保會與亞視採訪區附近，負責維持秩序的志願人員打好關係，並且弄清楚場地規矩，確保自己嚴格遵守（這一點非常重要），也向志願人員指出若有任何電視台出現違規舉動，要求他們一視同仁地嚴正執法。和工作人員打好關係的第一步就是派禮物。幾乎每一間採訪奧運的傳媒機構都會訂製獨特設計的襟章；在奧運舉行期間，購買／交換／收集襟章是一種民間娛樂，經常會在街上看見有人自豪地展示個人收集，或向他人身上的襟章提出交換要求。有點像監獄裏的香煙，襟章在奧運期間是民間一種非正式貨幣，每天出發工作前，我都要確保身上有足夠數量的襟章。派襟章是我和工作人員建立關係的第一步，但更重要是保持一種互相尊重的人際關係，以及對他人背景感到好奇的態度。有時候我會連續四到五天獲派到同一個場館進行採訪；而做現場採訪其實有

許多等候時間，在不妨礙工作的前提下，除了要記着附近工作人員的國籍和名字，我會與他們「吹水」，在緊張環境中注入輕鬆氣氛，保持良好關係。

另外，與中央電視台採訪隊保持良好關係也非常重要，如果我需要採訪中國運動員，那會是非常有幫助的。央視記者對中國運動員的故事、背景及其他歷史資料一定比香港採訪隊有更深入掌握；中國運動員在比賽完畢後的第一個採訪機會也一定會留給央視，任何香港電視台根本不需要、不應該，也無法搶走中國運動員的注意力。在我的經驗中，央視記者曾給我有用的運動員資料，也曾應我要求，在央視訪問後提醒或引領中國運動員到亞視的指定採訪區，讓我可以做到訪問。如果沒有主動睦鄰的態度，這些事情是不會發生的。

▶ 兩個難忘的訪問

最令我難忘的悉尼採訪是中國舉重運動員詹旭剛，他在亞特蘭大及悉尼奧運，分別在七十和七十七公斤級別成功奪得金牌，是中國奧運歷史上第一位連續兩屆摘金的舉重運動員。央視本來打算在詹旭剛進行藥檢及頒獎儀式前，在混合採訪區先來一個全國直播訪問，卻被

香港某資深女主持從旁推撞及干擾，混亂中詹旭剛被工作人員帶走，結果央視做不成訪問……。後來大會安排詹旭剛在地庫的大禮堂接受訪問，電視台代表只有亞視，其他全部是文字記者。詹旭剛開始時坐在台上長桌旁邊，後來索性坐到舞台邊緣，左腳垂在空中，右手放在舉起的右腳上，被記者團團圍着；他把自己的心路歷程娓娓道來，向一路走來曾經幫助過他的鄉親父老表達謝意，粗獷「爺們」的姿勢與言語裏的細膩情感構成強烈對比，也讓內容顯得更窩心。我站在他身旁，愈聽愈感動，握着咪高峰的手不期然的顫抖起來。我平常沒甚麼機會接觸舉重運動，但每次在奧運會，舉重都是我最喜歡觀看和採訪的運動之一，在我的經驗裏，運動員無論來自大國或小國，無論高矮或膚色，在舉重館裏都不是最重要的，觀眾對運動員的支持無分國界，不會一面倒支持或忽略某些運動員，我很喜歡這種環境。

　　與亞特蘭大相比較，在悉尼我有更多機會近距離訪問 NBA 球員。有一天知道美國隊進行練習的地點後，我們決定到現場碰碰運氣。抵達後看見總教練湯贊奴域治（Rudy Tomjanovich）在場館外抽煙，助教拉利布朗（Larry Brown）監督練習，現場沒有傳媒，連美國電視台 NBC 也不見踪影。我和傑特及麥戴斯（Antonio

McDyess） 聊了一陣子，也訪問了布朗教練，他有大學教授文質彬彬的氣質，是我一直非常欣賞的教練，我們由奧運籃球聊到布魯克林（他在紐約市出生及長大），我沒有預期他會給我十五分鐘的時間，臨走時我送他一個亞視襟章，他把這賣相一般的小禮物放在掌心細看一會，用親切的笑容感謝我並說再見。稍感可惜是四年後在雅典我沒找到機會再次訪問布朗教練；至於在悉尼的遺憾，肯定是沒有在現場親眼目擊雲斯卡達（Vince Carter）攀山越嶺跨過法國中鋒韋斯（Frederic Weis） 的死亡入樽！

2004：雅典奧運

自從一八九六年第一屆現代奧運會後，雅典再次成為主辦城市，也是二〇〇一年紐約市九一一恐怖襲擊事件後的第一個奧運會，安全考慮相信是每一個持份機構及每一位參與人員，從運動員到傳媒到觀眾，都曾經思考過的課題；比賽開始前也不斷有籌辦預算嚴重超支的負面新聞。希臘並非經濟強國，在國際間也沒有工作效率卓越的聲譽，在我腦海裏，雅典就像是一位曾經滄海風韻猶存的名媛，步履蹣跚地打開家裏大門向世人展示昔日光輝。我曾經考慮是否應該放棄這次機會，不過每當有此念頭，這個西方文明搖籃昔日的風華及壯麗景象，從巴特農神殿到全大理石建成的泛雅典運動場再到露天歌劇場，總能喚起一份羅曼蒂克以及難以抗拒的期待，令放棄念頭迅速消失。我慶幸有機會到雅典做現場採訪，雅典奧運會的種種經歷，教我畢生難忘。

首次在非英語系國家做採訪，曾以為會遇上一些溝通困難，但我遇見的希臘老百姓對英語都有基本駕馭能力，場館內的志願人員當然全部都懂英語，當中原來有不少希臘裔的其他國籍人士擔任志願人員！正式開始採訪工作前，我和幾位同事到幾個場館及市內了解環境，市中心的熱門旅遊景點遊人如鯽，細石路兩旁的小店洋溢着希臘人的活力，小店外掛着的「邪眼」飾物，與味道濃郁多渣滓的土耳其咖啡，看在這個首次踏足南歐的遊客眼中，是多麼迷人的異國情調。在二〇〇八年世界金融危機後，許多雅典居民／藝術家用塗鴉來表達對國家現狀的不滿，逐漸成為城市特色，但在此前的奧運會期間我沒看到市內有任何塗鴉。距離開幕式大約四天，雅典奧林匹克體育場的外圍綠化工作仍未完成，汽車駛過碎石路所捲起的沙塵讓我以為身處地盤工地，難道「清水交收」是場地外圍的交收標準？亞視人員住在一個類似烏溪沙渡假營的傳媒村，附近環境不錯，早上可在戶外座位吹着海風用早餐，出發工作前呆望愛琴海放空，是我每天最放鬆的時刻。

▶ 無處不在的亞視風衣

位於雅典國際轉播中心的亞視辦公室面積比我想像

中大，應該有接近二千呎，奧運期間這裏是團隊的第二個家。辦公室內有一道沒有任何標示，經常關着的門，卻常有陌生人出入。本來對此情況不以為意，後來發覺進出該神秘門的人都是穿着亞視風衣的陌生面孔。在我印象中，亞視派出大約三十人去雅典現場工作，但亞視風衣人卻似多不勝數，無處不在，疑惑的我想得到一些答案，儘管體育部主管沒有，也不可能，把事情的來龍去脈全部告知；我的理解是：亞視獲得比自己實際需要更多的人員配額，這些多餘配額全數和兩間國內的電視台分享，辦公室部分地方也留給他們，神秘門後面就是其中一間電視台工作的地方。技術上，該兩間電視台的人員配額都屬亞視，所以外出採訪時也得穿着亞視的風衣。這種四兩撥千斤的橋段似乎只應該在電影裏出現，我愈聽愈感好奇，到底為何會出現這三角合作關係？有甚麼好處？

受財政預算所限，亞視沒有辦法派出規模更大的採訪團隊，但是通過此合作關係，亞視突然多了五至六隊非正式採訪隊，大大加強了採訪中國運動員的覆蓋面。理論上所有現場採訪的電視機構都已通過正式申請，做採訪時咪高峰一定掛着該機構的台徽牌。那兩間電視台為了種種原因，出去採訪時不能明確表露身份，只能用

「清水」咪高峰——沒有台徽牌，採訪時穿亞視風衣是一種掩護，避免引起懷疑。每天採訪完畢後，三台會分享當天的收穫，並互相給予畫面使用權。兩家國內電視台之所以「委曲求全」，乃希望對來自該省或該市的運動員有更貼身的採訪，他們的採訪地點一定在免費採訪區或其他公眾地方，對亞視來說，兩家國內電視台採訪隊是一張安全網，如果在收費採訪區做不成訪問，仍然有機會在免費採訪區「翻兜」。這個三角合作關係本質上是一個「Survivor 聯盟」，是弱勢機構在困境下找尋突破的方法，對三方面都有好處。每次在雅典市內看到身穿亞視風衣的國內「同事」，大家四目相投時，必定會發出會心微笑。

▶ 意料之外的任務

九十年代初我在亞視節目內容審核部工作時，已經有一位中層管理人員告訴我，香港兩間電視台內都有許多「無間道」，因為許多人都曾經在不同時間效力過這兩間機構，千絲萬縷而微妙的人際關係，從而會有許多不為外人所知的事情；她說如果身上有機密資料，最好在放工時隨身帶走，鎖在自己工作桌的抽屜裏也不一定安全。

當時我把它視為茶餘飯後的輕鬆話題，但在雅典我認識它的真確性。

香港乒乓孖寶李靜及高禮澤在雅典奪得男雙銀牌，為香港取得歷史上第二面奧運獎牌。男雙決賽那天，我被委以一個特殊任務：去乒乓球場館幫忙。由於乒乓項目一直都由其他記者負責採訪，我以為我會去拍一些場館外球迷反應這類軟性報道，但結果卻出乎我意料之外。在任何奧運場地，主辦單位都有明文規定：採訪不能在觀眾席內進行。當天亞視收到情報，指有電視台計劃派一位年輕女記者進入觀眾席和乒乓孖寶的家人進行即時訪問，我的責任就是通知現場工作人員，制止事情發生。老實説，當時我對此情報的可信性有高度懷疑。「不會這樣明目張膽地做違規的事吧？」情報消息包括非常仔細地説明女主持會穿鮮紅色衣服。抵達現場後，我先與觀眾區附近工作人員及其上司確定這種採訪的非法性，與他們分享情報，並獲得他們堅定執法的承諾。等了一個小時還未看見女主持出現，但卻看到一些端倪。在看台最高層有兩位攝影師各佔一角，鏡頭直指觀眾席。"Lady in Red"終於出現，身旁還有一位拿着大型旅行包的男人，估計旅行包內裝着收音器材。兩人緊貼地步行，逐漸移向目標，紅色衣服讓攝影師更容易

在人群中鎖定目標；看着攝影師專注而凝重的神情，我知道採取行動的時機成熟了，馬上通知工作人員，然後從遠處看着這計劃功虧一簣。

射擊是我每次都有採訪的奧運項目，在亞特蘭大和悉尼都沒甚麼特別見聞，在雅典，美國運動員艾蒙斯（Matthew Emmons）讓所有在場的人經歷一場難以置信的奇遇記。在男子五十米步槍三姿決賽，剩餘最後一槍，當時艾蒙斯領先三環，應該是勝券在握，但出人意料的失誤在最關鍵時刻出現。射完最後一槍後，屏幕上良久沒出現艾蒙斯的成績，起初大家都不以為意，以為是裁判員份外小心地核證他的成績，後來大會宣佈一個驚訝的消息：艾蒙斯在最後一槍射錯靶，射中右邊運動員的靶，最後一槍的成績是零分，看似穩得的金牌從槍膛旁邊溜走了，我和旁邊央視的採訪隊發出不可思議的叫聲，我從來沒想過射擊運動員會射錯靶，但這確實在我面前發生了！

成功部署拿下劉翔奪金後首個訪問

劉翔乃我的雅典經驗畢生難忘的最大原因。在雅典奧運前，中國男子田徑運動員在奧運會只曾拿過一面獎

牌 ——朱建華在一九八四年洛杉磯奧運跳高比賽奪得銅牌。可能大家都聚焦在一些中國隊有傳統優勢的項目，儘管從二〇〇二年開始劉翔已在多項國際比賽，包括二〇〇二年釜山亞運會，在百一米跨欄項目屢創佳績，但大家似乎對他在短途田徑賽跑贏歐美及非洲國家對手的機會還是有點保留。亞視奧運團隊內有一位對中國體壇發展非常熟悉的主管，當時他認為劉翔仍未真正發揮最佳實力，這也許是一種直覺，也是他觀察劉翔數年後的大膽判斷，因此訂下了一個劉翔採訪計劃：從初賽開始他派我到主場館採訪劉翔的每一場比賽，每次我都在收費採訪區等他，問至少四至五個問題。主管和我都非常清楚，這些並非即時傳回香港的訪問，見街的機會非常微，但卻是為了爭取更大成功而必須做的前期工作。

第一次到主場館收費採訪區把工具安頓好後，我馬上去視察環境。收費採訪區位於半戶外有遮蓋區域，運動員離場後要迂迴曲折地走上及走下樓梯，再轉幾個彎，才會看到亞視的採訪區，過程中會先經過至少十個位置較佳的收費採訪區。八卦完畢後我急不及待打電話回辦公室報告一個萬分驚訝的現象：所有位置較佳的收費採訪區都已經被分配，但沒有任何國內電視機構的名字。鄰台的採訪區在亞視左方，意味着如果運動員順着

採訪區排列次序走過，中國運動員第一個遇到的華人電視機構就是亞視！

亞視主管向我解釋劉翔採訪計劃時，認為劉翔平易近人的個性有利計劃順利執行。在我印象中，劉翔是一位有禮貌並善於表達想法的運動員。當我第一次邀請他停下來接受訪問，他以帶着微笑的好奇眼神走近，清楚回答每一條問題。次輪賽事後他在鏡頭前顯得更舒服、更自信，我有意無意地拋出幾句小時候外公外婆在家裏說的上海 / 寧波話，清楚感覺到亞視和我已經在他的腦海中留下了印象。準決賽後，當他從遠處看見我在同一地方等候，我未及招手，他已經以輕快腳步朝我的方向走近。有良好計劃及幸運的環境因素，亞視已經為歷史性時刻做好一切採訪準備。剩餘唯一，也是最重要的問題：大家期待的時刻會否出現？

八月二十七日晚上，我和採訪隊提早到場為九點半展開的決賽做好準備。與頭三次訪問分別之處，這一天的訪問會即時傳送回香港，意味着如果劉翔勝出，亞視將有機會成為世界上第一間訪問他的電視台，這一刻也會是中國奧運歷史上一個突破性時刻，意義重大，不容有失。兩位同事仔細檢查攝影機及其他儀器，確保與香港順利連線。面對可能是我傳媒生涯中最重要的任務，

我告訴自己必須謹記一個原則：劉翔是整個故事的主角，舞台屬於劉翔，我要以簡單、不累贅的方式協助劉翔進入表達狀態，讓我及所有觀眾可以一起分享他的喜悅。離比賽愈近我的心情愈緊張，腎上腺素令我感到精力充沛，牢牢地把當晚過程印記在心中。

從亞視採訪區的位置我們沒法看到場內任何比賽，只能從前方大屏幕看到比賽過程。劉翔勝出後我和同事瘋狂地大跳大叫，但狂喜的狀態很快被緊張的期待代替，我金睛火眼盯着劉翔離開田徑場後的每一步，他每踏前一步，我的心跳得愈快。前方有一間拉丁語系電視台邀請劉翔停下做訪問，但他雙手合十，面帶笑容地婉拒邀請，在我看來，在他生命裏最光輝的一刻，劉翔希望用自己的語言和自己的同胞分享喜悅。他看到我的興奮招手、聽到我的呼喊，然後就在亞視採訪區前面停下。我已經忘記向他提問了甚麼問題，只記得把舞台交給劉翔，他用嘹亮聲音怒吼中國人及亞洲人吐氣揚眉的宣言，澎湃激情照亮了雅典的夜空。

劉翔勝出後，他的體育用品贊助商於翌日在雅典市內一個臨時搭建的推廣帳篷內，安排傳媒與劉翔進行單對單訪問。出發前，亞視主管開玩笑跟我說：「劉翔可能已經把你看成他的 lucky star。」我笑着回應：「No，

劉翔才是我的 lucky star ！」 因為劉翔的努力與付出，我和數以億計的華裔支持者才有機會間接地感受登峰造極的一刻，那一刻在華裔社會喚起的自豪與團結，代表了體育運動使人着迷的魔力，令人嚮往，令人陶醉。

a 跟國內電視台的工作人員合照；奧運期間我們都穿上一樣的亞視風衣。

b 奧運場上有不少志願工作人員，很多時我都會跟他們打好關係，以便照應。圖攝於射擊場地。

c 現場採訪籃球比賽一定是我重頭工作之一吧！

d 這屆雅典奧運為我留下不少畢生難忘的回憶。

e 劉翔歷史性為中國奪得首枚田徑場上的男子項目金牌，而他奪冠後首個訪問就是由我來完成！圖為贏得金牌後翌日，在另一場地訪問劉翔時合照。

2008：北京奧運

二〇〇八年是我最後一次擔任奧運會的現場採訪記者。
如果雅典是最難忘，北京則肯定是我最滿意的一
屆。居住環境根本無可挑剔，我和同事蔡錦豐
住在一個總面積接近一千五百呎的兩房複式
單位，望出窗外可見到國家體育場（鳥巢），
交通四通八達。奧運開始前對北京的空氣質素有點
擔憂，但奧運開始後大部分時間天氣良好，市容十
分整潔，有許多來自包括香港的外來志願人員
在街上或場館內為遊客或記者解答問題。
鳥巢及水立方是我到過的奧運場地
裏，外型設計最具吸引力的。開
幕式前幾天，我在鳥巢看表演者
綵排時，已經對當天的表演環節
充滿期待，這個由張藝謀導演策
劃的表演環節，精彩程度超出任
何觀眾預期。當體操王子李寧以
鋼線吊在空中，拿著火炬在鳥巢
上方繞場漫步，世界各地聖火傳
遞過程的影像陸續呈現在眼前，

觀眾的反應由目瞪口呆的驚歎變成充滿喜悅的感動，這是我在現場看過最嘆為觀止的開幕式表演。

在亞特蘭大、悉尼及雅典的經驗裏，無論在資料搜集或採訪過程中，都曾經遇到一些挑戰，然而在北京差不多一個月的時間裏，各方面的過程順利得讓我有點不習慣！主辦單位不論在人手動員、場地內的安排，技術支援及對傳媒機構的協助等等，都是我參與的四屆裏效率最高的。

▶ 全城矚目的比賽：中國隊 Vs 美國隊

五棵松體育館是我做採訪較多的其中一個場地，位於北京四環西面，是專為京奧而興建的 NBA 規格場館，採訪對象包括美國和中國隊。中國隊有數位前度、現役或未來 NBA 球員，包括王治郅、姚明、易建聯及孫悅，當年只有十九歲的後衛陳江華也曾被認為有潛力打進美國大學籃球。姚明是 NBA 在中國越來越受歡迎的催化劑，當年二月份左腳受傷須進行手術，在奧運開始前大約三星期才歸隊。美國隊的焦點人物肯定是高比拜仁，對上兩屆奧運他因為私事或官非的原因沒有參加，京奧

是他首次參與。美國和中國同屬 B 組，在分組賽第一天就遇上，是當天全城最矚目的比賽。我抱着非常期待的心情步入五棵松體育館，場館內有一種令人觸電的感覺，那感覺就像 NBA 總決賽第七場的決勝戰。（若論最相似的奧運經驗，可能是悉尼男籃準決賽，美國對立陶宛，最終僅以兩分險勝〔當天全場有超過九成觀眾是一面倒支持立陶宛的〕；該場比賽賽後我訪問了傑特，從他的表情我看出他的心情：「執翻身彩」。）

　　介紹雙方球員時，姚明當然獲得英雄式歡迎，球迷掌聲雷動，但美國隊也深受中國球迷喜愛，高比拜仁獲得的掌聲幾乎可以媲美姚明，記得事後看過一篇報道，當日高比的隊友開玩笑跟他說：「你可以申請移民去中國了！」在雅典我曾經採訪中國隊其中一課練習，與當時的美國籍教練夏理士（Del Harris）聊了一陣子，他暗示中國隊的後衛實力是球隊的軟肋骨，所以我對小將陳江華的表現比較有興趣，不過他在京奧的表現並不突出，對美國隊上陣十多分鐘，失誤頗多。兩隊實力有很大差距，最後美國隊以三十一分大勝。

　　我也在五棵松採訪了一些女籃比賽，印象比較深刻是跟漢雯（Becky Hammon）的訪問。她退役後，從二〇一四年球季開始就在聖安東尼奧馬刺擔任助教，

或許將來她有機會成為 NBA 第一位女性總教練。這位美國球員當年決定代表俄羅斯參加京奧，在美國引起一些迴響，部分美國人，包括當屆美國女籃教練當路雲（Anne Donovan），曾經把漢雯的決定形容為「不愛國」。當年三十一歲的漢雯此前從未在奧運比賽出現過，她曾非常渴望能加入美國隊，在二〇〇七年女子NBA 球季的 MVP 投票中，結果排第二名，是一位有實力的球員。當她知道加入美國隊的機會不大後，可能覺得作為精英運動員剩餘時間已不多，為了達成個人夢想，毅然作出此決定（她除了是女子 NBA 球員，也效力過莫斯科中央陸軍隊）。結果俄羅斯在準決賽敗給美國，之後我在採訪區直接問她為何有此決定，可能不想火上加油，她沒有直接回答我的問題，但表示慶幸終於完成奧運夢想。漢雯代表俄羅斯的決定觸動某些美國人的神經，那是源自冷戰時代遺留下來，仍然陰魂未散的對抗性思維。她是一位 All-American girl，有着美國中西部長大人士的典型氣質，雖然從短暫的對話不能構成一幅完整圖畫，但我從不懷疑漢雯對她自己成長地方的情懷，我欣賞她為了達成夢想願意逆流而上的毅力，並祝福她未來會有更大成功。

▶ 劉翔奇蹟不再

從中國觀眾的角度，京奧的焦點人物當然是劉翔。扛着整個國家的期待，我無法想像他需要承受的壓力。經過雅典的教訓，鄰台對這次採訪劉翔擺出一副志在必得的態度。第一輪比賽那天，我看到藝人古巨基在鄰台的採訪區，擺明車馬要打友情牌；亞視這次的採訪區位置並不理想：中央電視台佔有最佳位置，然後是鄰台，亞視被分配到較遠位置，隨時會出現水源在上流被截斷的情況，成功做到訪問機會大打折扣。我決定到記者會場地評估「翻兜」機會，發現鄰台第二採訪隊已經在最前方佔據有利位置，採取內外夾擊策略，當下馬上知道亞視在雅典的奇蹟不會在北京出現了。亞視無法派出多過一支採訪隊去採訪單一項目，萬一在戶外採訪區做不成訪問，就算極速收拾好工具飛奔往記者會，所有最有利的攝影機位置一定已經全被佔據，能否擠入場地也是一個問題。正在頭痛之際，劉翔竟然傷患復發，臨場退出比賽！

▶ 最完美句號

京奧的最後幾天我沒有太多採訪任務，但也有去採訪美國男籃重奪在雅典失去的金牌。京奧開始前我感覺

這可能是我最後一次在奧運會擔任現場採訪，十多天的比賽後我確定這對我是一個完美句號。以往的奧運會在曲終人散後我才有機會放鬆心情感受環境，在北京我把握最後數天機會，以觀眾的角度去觀賞一些沒採訪過的比賽，包括手球、水球等。看着遊客擠進紀念品商店作最後衝刺購買，奧運會許多難忘景象又重現眼前，十二年裏不論在個人或職業層面，我都見證及經歷過不少變遷，少了一份天真，多了一份滄桑，我一直堅持着對自己持續改善的要求，也希望往後十二年及更長遠時間都保持這態度。奧運採訪生涯裏有成功有失敗，但我用了最認真態度盡了全力，無論結果如何，我享受整個過程，也沒有後悔，正如 Frank Sinatra 的名曲所言，"I did it my way."

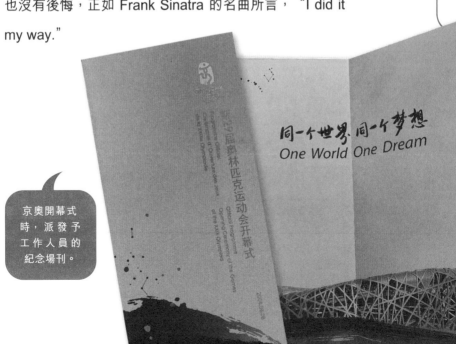

京奧開幕式時，派發予工作人員的紀念場刊。

八哥與我

　　我已忘記第一次去「八哥」簡而清家裏是甚麼時候，好像是一九九五年初，ESPN 粵語評述員團隊甄選過程完畢後，他邀請黃興桂和我到他的家見面，讓這兩位未來拍檔先來互相認識。八哥住在北角和富中心某座極低層，座向朝東區走廊及維多利亞港，這個平凡典型的香港大型屋苑單位就是這位不平凡的香港作家的安樂窩。他住在把兩個毗連單位打通為一的大單位。踏入簡宅家門，我的第一感覺像是走進了迷宮，沒有豪華的外貌但有古董店的氛圍，單位設計迂迴曲折，幾乎每一面牆壁都掛滿相片或海報；八哥也是一位收藏家，有數不清數量的黑膠唱片，飾物及雜物遍佈全屋並氾濫至走廊通

道，面積雖大但挺有壓迫感，我常提醒自己在簡宅內步速要慢，以免踢到或打破八哥的收藏品。

一九九五到九八年，每週從新加坡回香港錄製《NBA 地帶》節目的時候我都住在簡宅。如果這裏有一種恆常現象，那就肯定是朋友的聲音。雀局、飯局，或一齊看電視，簡宅經常都是很熱鬧的。踏進他的書房，當時身份仍是管家的 Marlyn 總已經把床褥整齊地舖排好放在房間中央，早上出門前還為我預備好早餐。夜闌人靜時我躺在床褥望着天花板，兩旁被樓層一樣高的書架包圍着，想着我這份福氣從哪裏來。

ESPN 粵語評述服務開始之前，八哥為所有隊際運動——包括足球、籃球、美式足球、棒球、北美冰曲、大學籃球等，都編製了一本天書，裏面包括所有球隊、球員、場地及城市的譯名，並會按需要加入典故；在互聯網仍未普及的年代，這是一項極費時的任務，或許未必每一個譯名都翻譯得傳神，但已經為其他評述員提供穩健的起步基礎。他從來沒有在我面前擺出架子或指指點點，我把八哥視為恩師，八哥把我視為朋

友，雖然在經驗及知識等範疇都有極大差距，他從來沒讓我覺得這是不平等關系；八哥的風格是含蓄低調，不是那種一見面就稱兄道弟抱頭攬頸，這種放手不批評的風格可能是他交遊廣闊的原因之一，也肯定是我和他相處感到舒服的原因。他離世多年後，有一次我重讀 J.D. Salinger 的經典作品《麥田捕手》（*The Catcher in the Rye*），在其中一幕，主角 Holden Caulfield 看見一位大約六歲的男孩哼着歌在馬路邊行走，附近有風馳電掣的汽車，狀甚危險，Holden 靜靜地走到隨時可以抓住男孩的距離，聽他哼着歌，但沒有拖手引領男孩，讓男孩自己找尋路向，我頓然領悟，可能八哥就是我生命裏的 Holden。

有一次看見八哥和另外四位朋友打五人麻將，這是八哥自家發明的遊戲，麻將枱當然也是訂做。我麻將技術不精，但廣東牌規矩還是懂的，與戰者和圍觀者興高采烈地大聲呼喊，我站在一旁觀察了超過半小時還是摸不着頭腦。八哥曾參與不少與賭

博有關的工作，例如馬評人，或撰寫與麻將遊戲有關的書籍，
但他曾經告訴我，他是不會去賭博的。為了拍攝《易經性經
簡而清》這套 DVD 電影，八哥把簡宅變成就地取材的臨時
片場，在那個大開眼界的晚上，我看到八哥在角落裏與導演
商討細節，工作人員忙碌地把傢俬搬來搬去，客廳裏有一個
只有全白色浴袍包着身體的男人睡在沙發上轉來轉去，一個
同樣打扮的女人不穿鞋子不耐煩地走來走去，這些都是我在
簡宅借宿的日子裏一些有趣的畫像。

親口告知婚訊

有一天回到簡宅看見 Marlyn 和八哥坐在飯桌旁，用帶
有期盼的眼神看着我。「吃過飯沒有？」他說。「過來喝杯
茶吧，我有個消息要跟你說。」八哥把櫈子拉開示意我坐下。

"Marlyn and I plan to get married."

我看見過 Marlyn 對八哥的貼心關懷和照顧，但從來沒
有從男女感情的角度去看他們的互動。我知道他和前
妻已經分開多年，但從來沒有主動問及他以前

的感情生活，我不想顯得八卦，那時候也沒有谷歌或維基百科可以不消幾秒就查到名人的往事歷史，後來也沒有問他和 Marlyn 是甚麼時後擦出火花，我和他的關係不是這一種。他倆的決定或許讓一些關心他的親戚朋友感到擔心和不愉快，包括他的女兒，但作為朋友，無論世俗眼光如何評價，我能做的就是尊重和支持，這是八哥的路和選擇，我替他感到高興。

"Congratulations!"

一九九七年四月，八哥和 Marlyn 在新加坡註冊結婚，當日全體 ESPN 粵語評述員都有出席儀式，向一對新人送上祝福。

八哥是一位有主意有想法的人。在我認識他的六年裏，經常聽到他有新的發展計劃。跟據網上資料，八哥曾經跟生產商合作發明過一部中文打字機；此外，他非常欣賞美國運動能極有系統地把球員及球隊的比賽數據歸納整合，不但可以拼出球員、球隊甚至整個聯盟的歷史圖像，更可提供球迷許多茶

餘飯後話題，喚起或加深對整個行業的的關注。把這個概念和他熱愛的賽馬運動連起來，大概在一九九六年左右，八哥決定撰寫一本涵蓋香港賽馬歷史的書。任何數字背後都有故事，但以傳統定義的角度，這不是一本故事性的書，把它叫做百科全書可能更合適。他想把香港賽馬會由盤古初開至一九九七年為止，所有馬房、馬匹、騎師及班主的名字及資料全部收納入這本書，他覺得凡是曾經和香港賽馬有過一點連繫的人都可能會買這本書。這是一個極具野心也非常耗時的挑戰，我知道他帶着使命感與很高的期望迎接這挑戰。有時候在新加坡做完節目後我們去飲茶，他在茶樓也會打開電腦工作，把突然想起的一些馬匹資料記錄下來。完成的產品真的和百科全書一樣厚，但據說當時的銷情不太理想。

八哥在晚年也想做一些帶點中國風的生意。他從國內引入瓷磚及其他雕像，十八羅漢雕像成為他的即時寶貝，他把這十八座雕像整齊地放在客廳窗台，面向外，彷彿要向佛祖弟子炫耀東方明珠的秀麗。每次途經東區走廊往中環方向，望向簡宅的窗台已成為我的習慣。八哥也曾在中環開設一間零售店，除了有瓷磚及其他中國風飾物，

也賣類似上海灘服裝店的衣着產品，不過價錢定位較低，我估計應該是想攻佔中檔市場吧。開業那天我剛好在香港，店內人山人海，有很多八哥的好朋友到場祝賀。以我所知，八哥晚年的發展計劃大多未能取得商業上的成功。我覺得八哥雖然有主意、熱誠、動力和人脈，執行力卻不是他的強項。他需要能幹的人過濾他的主意，去蕪存菁，並幫他做跑腿的工作，或許當時如果有更多得力助手在身邊，許多事情可能會有不同的發展。

別矣！八哥

二千年悉尼奧運我再次為亞洲電視工作，擔任現場採訪工作。有一天早上我的室友神色凝重地告訴我八哥病危的消息。有一份香港報章在港聞版頭條刊登八哥在某四川醫院病房內的照片，我打電話回香港求證後只感到痛心和憤怒。他在九月十一日於重慶逝世，兩週後在香港舉行追悼會，我因為奧

運任務未完結，未能出席。

　　回香港後我最想知道的是，到底某報章是如何得到八哥病危的照片？有到四川探訪八哥的家人向我詳述細節：某報派出狗仔隊在機場等候八哥的家人，鎖定目標後秘密跟蹤至當時他身處的醫院，當確定家人探訪完畢返回酒店後，狗仔隊成員走到醫院接待處聲稱是病人家屬，故意用非常重口音的港式普通話查詢八哥的病房號碼。當時全醫院只有一個香港病人，狗仔隊打扮不似本地人，又能說出病人名字，接待員可能因此掉以輕心，把房號告知了不速之客。潛入病房後狗仔隊近距離從上至下拍攝當時在睡眠狀態，胸口放着測量儀器的八哥，這張以犯罪手段獲得的圖片後來在他的家人不知情也絕不會同意的情況下在港聞版頭條刊登。

　　搬回香港後，使用東區走廊的機會比以前多。每次在前往中環的方向途經和富中心，我還是會不期然地望向那個熟悉的窗台。人已不在，十八羅漢也不再威風鎮守，未能向八哥說最後再見是我的遺憾，只能用瞬間的凝望表達我的懷念。

 我和八哥及其太太 Marlyn 合照。

b 八哥結婚當天，多位體育評述員有份出席，包括黃興桂（左一）、
江忠德（後排右七）、丁偉傑（後排右二）、李忠民（後排右三）、
李海光（前排右一）、梅志輝（前排右二）和我（前排左三）等。

說籃高手

張丕德的體育評述樂與怒

著者
張丕德

責任編輯
梁卓倫

封面插圖
Roy Cheng

裝幀設計
鍾啟善

排版
陳章力

出版者
萬里機構出版有限公司
香港北角英皇道 499 號北角工業大廈 20 樓
電話：2564 7511　　傳真：2565 5539
電郵：info@wanlibk.com
網址：http://www.wanlibk.com
　　　http://www.facebook.com/wanlibk

發行者
香港聯合書刊物流有限公司
香港荃灣德士古道 220-248 號荃灣工業中心 16 樓
電話：2150 2100　　傳真：2407 3062
電郵：info@suplogistics.com.hk
網址：http://suplogistics.com.hk

承印者
美雅印刷製本有限公司
香港觀塘榮業街 6 號海濱工業大廈 4 樓 A 室

出版日期
二零二一年十一月第一次印刷

規格
特 32 開（210 × 148 mm）